夢の跡の塵芥

夢の跡の塵芥

夢の跡の塵芥　目次

●題字・扉絵・写真提供　横山多枝子

プロローグ

「もどき」なのか、「だまし」なのか

……生だいうても死のもどき、だまし、死だいうても生のもどき、だましなんでねえでろか。おらァときどき、ふとそんな気がすることがあるもんだけ……

『鳥海山』森敦

過去が現在と交錯する一瞬がある。そんなとき、交錯する一点に立ち、過ぎ去ったむかしを振り返る。良かったとか、悪かったとかそんなことではない。ただ、ただ、懐かしいのである。過去は過去ゆえに痛みや悩みは伴わない。ときには憾《うら》みさえも浄化され、事実の断片としてのみ残る。

その事実の断片さえも、時の流れに巻きこまれ、事実であったかどうかということさえ曖昧になり、現実にあった出来事というよりも夢のなかで見たようなということになる。この夢のような現実と本当の夢が重なりあい、夢と現実との区別がつかなくなるときさえある。こういう現象は、年齢を重ねるごとに、つまり過去を重ねるごとに多くなる。だから、死ぬとき、人は夢と現実が交差した光景を見ながら死んでいくのかもしれない。

人生の終了は、こういう過去と現在が交錯する一瞬の連続が停止するときなのかもしれない。見ていた夢を中断されるようなものであるが、それもいたしかたない。そして夢を見る脳が消滅すれば、過去も現在もゴミ箱に投げ入れられ、焼却されるしかないただの塵芥である。

ところで、旅は好きである。日常から解放され別世界に身を置くことができるからである。しかし、旅を終え日常に戻れば、旅行中の出来事のすべては夢の跡である。どんなに印象深い感銘・感動を受けたとしても、時の経過とともに、すべては過去の出来事になり、いつかは夢のなかの出来事と区別がつかなくなる。いや、もうすでに夢と化しているものもある。それでいいと思う。

旅行中は別世界を浮遊していることと同じゆえに感動は日常のものといくぶん違う。よって、旅行中見たり聞いたりしたことはすべて夢のなかの出来事だったと思うことにいささかも異論はない。

整理整頓は苦手である。苦手にくわえて横着が災いする。旅行中に得た資料は旅ごと一つの袋に入れてあったものの、かつて整理したことはなく、最悪なことに、引っ越しの際に、それらさえもゴミに出してしまったらしく、ほとんどが消えてしまっている。写真も同じことである。帰ってきてすぐ整理しないから、後から見ても、ここはどこだったかと、さっぱり思い出せないものが多い。

インデックス（index）をつけ忘れた記憶はかえって混乱をもたらすだけだが、ただ、幸いなことに、特に印象深い光景はすでに私の頭のなかで一枚の下絵としてぼんやりながら残されている。したがって、私がすることはこれらの絵の焦点をあわせ、一枚の絵として完成させることである。画才のない私はこれらの絵を言語で描くしかないが、私の言語能力なんてものもたかがしれている。

作業は至難の業ではあるが、一つだけ望みがある。それは、人は想像力をもっているということである。人はこの想像力の助けを得て文章を書いたり読んだりすることができる。どういうことかといえば、書き手はその想像力を駆使して頭に浮かぶ光景を文字に変換し、読み手は各自の想像力を駆使して読んだ文字を頭のなかで再び光景に変換するという、両者による一連の作業である。よって、私は読み手の想像力を頼りに記憶に残る絵を言語で描くことを試みることができる。もちろん、読み手の想像によって再生された絵は、少しずつその様相を変えて現れるということをも念頭においておかなければならない。読み手の解釈はあくまでも自由だからである。

ということで、時系列がバラバラの具象画を記憶の棚から引き出してみようと思う。うまくいけば、別世界で遊ぶ自分自身と会えるかもしれない。

過去が現在にひょいと紛れる。そんな刹那を楽しむために、私は忘却のかなたに消えつつある塵芥を拾う。「これって、もどきなの、それとも、だましなの」と呟きながら。

この塵芥が人生の終了時に見る夢になるやも……。

ミリー哀慕

「ハロー、六月二〇日ごろ、アナコータス（Anacortes in Washington）からインディアナ州の息子のところまで行き、そこで孫娘を拾い、ともにカナダ経由でアラスカ州に行き、二人でアラスカ州を観光した後、コロラド州のデンバーまで、そのとき商用で来ているはずの孫娘の父親（ミリーの息子）に孫娘をひきわたすために、戻ってくる。そして、再び一人で七月末までにはアナコータスにもどるという旅行計画だが、ソルトレイク市でタエコを拾えるから、アラスカまでいっしょに行くか？」

これは私がソルトレイク市に滞在していたときに、ミリーから受けとったEメールの内容である。その孫娘は高校を卒業した年齢ではあるが、おそらく、ミリーがほとんどの道程を運転すると推測された。地図を見ながら、その道程を合計してみてその距離に仰天した。ざっと見積もっても一万マイルは超える。キロに換算すると一万六千キロである。地球赤道直下の円周が四万キロだから、半分までとはいかないが、四割、つまり赤道直下を四割ほど走る計算になる。

ちなみに、私はその旅には参加していない。孫娘との旅行に他人の参加は邪魔であると考えたからである。そのとき、ミリーは七四歳、私ことタエコは五四歳であった。カンバセーション・パートナー（会話練習の相棒）として、ワシントン州にあるマウント・バーノン

（Mount Vernon）の英語学校から紹介された出会いから数年の歳月が経っていた。

ワシントン州の太平洋側は雨がよく降ることで有名である。といっても日本のような土砂降りはめったにない。濡れることを気にしなければ、たいていの雨は傘なしでも歩ける程度である。アメリカ人は濡れることを気にしないのか、その地で傘をさしている人を見るのはまれであった。そんな気候を「いつも灰色の空ばかりでうんざり」と一部の若い日本人女性は嫌っていたが、私はしとしとと静かに降るマウント・バーノンの雨が好きだった。

ミリーと初めて会ったその日も厚い雲が空を低く覆っていた。季節は秋の終わりごろである。二人は英語学校のオフィスで会うことになっていた。約束の時間にオフィスの方向に向かって歩いていたとき、オフィスへの上がりかまちを不器用なさまでのぼり、ドアのなかに消えていく大きな女性の後ろ姿を見た。

この女性がミリーだった。簡単に自己紹介をしあったのち、教師のすすめでカレッジのカフェテリアで話すことになった。英語学校からカフェテリアまで二百メートルぐらいあっただろうか、その道程をミリーを案内して歩いた。

ミリーは両手を腰にあてて、足もとに注意しながら一歩一歩ゆっくりと歩く。足を交互に出すたびに彼女の大きな上体が右へそして左へと揺れた。私はミリーの横を彼女の歩調にあわせてゆっくり歩くようにつとめたが、どうしても先に進みがちになった。

雨粒が落ち出した。私は雨を避けるために、咄嗟に五〜六メートル先にあるカフェテリアの軒下へと小走りに走った。そして振り向いた。ミリーも当然自分の後ろについて来ているものと思った私は、自分を恥じた。

ミリーは以前よりもまして堅固に自分の歩速歩調を守っていたからだ。濡れることよりも、濡れて滑りやすくなった足もとに悩まされているのである。私はかばんの中に携帯用の傘が入っていることを思い出し、ミリーのもとに走り、それを広げて彼女の頭の上に差しかけた。

母のときもこうだったと、死んだ母を思いだしていた。関節リウマチで歩行が困難になった母の歩調にあわせようと努めても、どうしても二〜三メートル先に立って待つことになる。たった二〜三メートルでも母にとっては遠い距離である。縮まって小さくなった身体を杖に頼り、ようやくといった思いで私に追いつき、ひと息吐くその母の顔がくちゃくちゃに歪む。痛みと自棄をふきとばすための声の出ない笑いである。そんな母をめちゃくちゃに抱きしめたかったが、一度として行動にうつしたことはない。そんなことをしたら母の口から悲痛な叫びがもれるにきまっているからである。どこを触られても痛い、お願いだから手を貸さないで、かえって危険だからと。私にできたことは、ともに歩いて見守るだけ、ただそれだけだった。

私たちはようやく軒下に着いた。ミリーは肩で息をする。その広い肩の上にのる顔は白い肌に金髪である。美人系でも女性的でもない。その容貌はむしろ厳つく、頑強そうな意志そのものだった。その厳つい顔が私の顔を見て、ふと相好を崩した。と、そのとたん、そこからすばらしく優しい笑顔があらわれた。まさしく笑顔のノックアウトである。金髪の上で雨の玉が光っている。私は触り落としたい衝動にかられ、思わず右手を途中まであげるが、不作法に気づき、かわりにジャケットのポケットからハンカチをとりだし、黙ってミリーに差しだした。

カフェテリアの窓際、丸テーブルの一つに向かいあって腰をおろした。昼時の喧騒はとっくに過ぎ、テーブルの上に教科書をひろげている人影がちらほら見えるだけである。広いガラス窓の向こうには、大きなカエデの木が雨に打たれ、紅く染まった葉を落としはじめていた。

そのときの会話の出来ばえであるが、英語学校に通いだしてまだ二ヵ月の私に英語で満足に返事ができるわけはなく、そもそもミリーが一方的にしゃべってくる英語の意味さえつかめていなかったともいえる。ただ、その場がどうにか保てたのは、話し相手が理解しているのかいないのかなどということには一切頓着せずにミリーが話しかけてきたからである。

内容のすべてを理解しなければ会話が成り立たないというものでもないだろうと、私は居直った。それに、初対面のときから返答に困る面倒な話題が語られるわけではないから、たとえ「ノー」を「イエス」と言い間違えたとしても、大きな問題は生じない。身振りや単語一つでも結構意思は伝えられるものである。重要なことは、お互いに友人になりたいと思うかどうかであった。

そんな会話状態だったが、それなりにお互いのプロファイルはつかめるものである。ミリーは私の、私はミリーのと、それぞれにそれなりの横顔をつかむ。家族の歴史や離婚経験等は別にして、私の心をうったのは、ミリーの生き方の強さのようなものであった。そんなミリーだったから、首のつけねにある甲状腺手術跡のケロイドに悲愴感はなく、人工股関節も彼女の心までは挫折させてはいない。

ここに一枚の写真がある。野球帽をかぶったミリーの写真である。孫息子が彼女の家に滞在したとき、自分の帽子をちょこんと彼女の頭にのせて写真を撮ったというしろものである。彼女の愛すべき人柄をよく表している写真で、これもまた夢の跡の塵芥そのものに違いないが、生きている私にとっては手放せない所持品の一つである。

背景は見なれたミリーのリビングルームである。私にもなじみのある食卓の前に座ってこちらを見ている。かすかに笑っていることは口許で分かるが、目のあたりはメガネの反射でよく見えない。窓からの光を左後方から斜めに受けているせいか、野球帽の両側からはみ出た金髪のうち左側だけが白髪のように光っている。テーブルの上には彼女のマグカップがのっていることから、時は食卓を片づけたのちのコーヒー・タイムであろう。彼女はコーヒーが大好きである。その大好きなコーヒーを飲むのをいったん停止させられ、孫息子の要求に応じて、ポーズをとらされている彼女の苦笑いが想像される。

私はふと思い出した。このリビングで、ミリーの淹れたコーヒーを飲みながら聞いた彼女の話を。

その話というのは、ミリーがメキシコにいる孫に会いに行った帰り道でのできごとである。メキシコからワシントン州アナコータスにある自宅までの道を北上していたとき、彼女は道路際に立ってヒッチハイクをしている男を見た。そのときは何気なく通りすぎたが、通りすぎたあと、彼女は思い出した。今日はクリスマスだったと。そこで、次にヒッチハイクの男を見たとき、車を止めてその男を助手席に乗せたのだそうである。クリスマス・プレゼントというわけである。

「メリークリスマス」と互いに挨拶を交わしたのち、ミリーはあたりさわりのない質問をした。「どこから来たのか？」と。ミリー、男の返事を聞いて仰天した。

「刑務所から来た」

刑務所からいま出てきたばかりだというのである。この男、この言葉を臆することなく顔色一つ変えず言ったそうである。ミリーは内心、「しまった！　とんでもない人間を乗せてしまった」と後悔したそうだが、すでに後の祭りである。肝を据えなければならないと思ったらしい。ところが意外や意外、その男、刑務所帰りという経歴に似合わず気持ちのいい奴で、その男を乗せているあいだじゅう、ミリーはその男との会話を楽しんだらしい。

気をよくしたミリーはその男を彼の目的地まで送ったのち、またヒッチハイクを拾った。こんどは刑務所帰りではなかったが、うってかわって陰気な男だったという。前を向いたきり、まともに返事をしてこないから、あえて話しかけなかったけれど、陽気な刑務所帰りよりもこちらの寡黙男のほうが怖くて緊張したと言う。

目を丸くして、口を開けっぱなしにして、ミリーの話にそのつど驚愕の表情で応答する私の反応を楽しみながら話していた彼女は最後に、「Isn't it something?（何かじゃない？）」と、笑いながら話を締めくくった。

ここで意味する〈something〉とは普通でない〈何〉であり、ある真理を含む〈何〉である。〈何〉は日本語でもこういう用い方をする。たとえば、〈何ものかになりたい〉とか、〈これって何かですよね〉という具合にである。

「Yes, it is very something.（まさしく何かよね）」と、相槌をうったものの、私が意味する〈何〉はミリーが意味するものとはその対象が違った。ミリーが意味する対象はヒッチハイクしたときの話であり、タエコが意味するそれはミリーその人である。いくらクリスマスだからって、見知らぬ男を車に同乗させる彼女の根性、ガッツ（guts）である。

自分の誕生日さえも忘れる私だが、二〇〇二年七月一二日、偶然にもその日がミリーの誕生日だということに気がついた。今ごろアラスカ州のどこかを孫娘と走っているであろうから、いつ読むか分からないが、とりあえず「誕生日おめでとう」とEメールで彼女のアドレスに送っておいた。ずいぶん経って、返事があった。

「I try not to remember such a thing so do not remind me of it.（そんなものは忘れよう

と努めているのに、思い出させるんじゃないよ）」
「I cannot but love you who says such strong words.（そういうことを言うあなただからこそ敬愛してやまないんだ）」
この最後の一文は私の独り言である。

滞米中に、私がミリーから受けた恩恵は計りしれない。ミリーの存在なしには、この記は存在しえない。この記の題材である夢の数々を見るチャンスを私に与えてくれたのも彼女なら、私が自ら運転して夢を見に出かけられるように、と実地的知識を与えてくれたのも彼女だからである。

さて、私が帰国してから何年経つだろうか。ミリーとは帰国当初、Eメールでのやりとりがあったが、ミリーのEメールアドレスが消え、アナコータスの住所にも手紙が届かなくなって久しいとき、どうめぐりめぐってか、ミリーの娘から、ミリーの近況を知らせる手紙が届いた。それによると、時系列がいまいち曖昧だが、前の人工股関節が壊れて新しいのに交換手術をしたが、感染症の併発等でうまくいかず長いこと入院していた。私（娘）がリタイアしたのちは、ミリーを引きとり世話をしている。今は歩けないが、六ヵ月以内には再び手術を受けるかもしれないという内容であった。追伸として、ミリーの言葉が代筆されていた。

もう、うんざりだよ。自分の足で歩けた私の時代は終わったのさ。することはテレビを見て、猫を撫でて、そして食べるだけ。いろいろ一緒にやったよね。楽しかったよ。宝くじがあたったら、タエコに会いにいくよ。でも、こちらに来ることを考えているかい？　もし来るなら、娘が馬乗りにつれていくよ。馬、馬、馬、どこも馬だらけ、壁にさえ馬だよ（説明・娘の家は広い牧場のなかにあり馬をけっこうの数飼っている）。毎日、家のなか。外出は医者に会いに行くときと、外食に行くときだけ。タエコが恋しい、ほんとうに会いたい。今ここは秋に入ろうとしている。もうじき冬がやってくる。ああ、出るのはため息ばかり。

あなたの魂の友人ミリーより

さっそく返事を送ったが、音沙汰なかった。

そのときから、どれくらいの年月を経てからだろうか、おそらく二～三年は経ている。

二〇一九年三月、ミリーの娘から手紙が届いた。前回のときもそうだったが、郵便受けに、それふうの郵便物をみつけたときは胸騒ぎを覚える。ミリーの死の通知でないことを祈りながら封をあける。

そして、ほっとした。封書のなかには前回と同じように、猫のカード一枚と、「長いこと手紙を書かないでごめん」で始まる、近況を知らせる娘からの手紙にくわえて、今回は、ミリーの息子の死を知らせる追憶カードが入っていた。彼女には一人娘のほかに五人の息子がいることは知っていたが、追憶カードに載っている息子と直接会った記憶はない。死因は心臓麻痺とあったが、まだ五八歳の若さである。我が子に先立たれたミリーの失意は想像にかたい。

猫のグリーティングカードには、ミリーの自筆で、「Taeko, Hope this finds you doing good. Love, Millie（このカードが元気でやっているタエコを見つけますように。愛をこめてミリー）」とあった。

そして、同じ年の七月、ミリーの誕生日の一二日に間にあうようにバースデー・カードを送ったのだが、二八日、ミリーの娘から彼女の死を知らせる手紙と小包が届いた。小包には彼女の遺骨の灰が入っているというネックレスが入っていた。

私にとってミリーは第二の母である。命を授けてくれたのは第一の母だが、ミリーと出会えていなかったら、私は今のかたちになっていない。

それでも、二人が存在するのは私の命が消えるまで……。

浦島タイコの恋

一時的に異国に暮らす日常は、龍宮に暮らす浦島太郎のそれのようなものかもしれない。目に映るすべてが目新しいから、美しくて最上のもののように映る。龍宮でタイやヒラメの舞い踊りを観るのと同じことである。どうして、我が故郷のそれらは踊らないのかといぶかっても仕方がない。

頭のうえを行き来する英語のすべては音の塊にすぎない。いくらかは分かったとしても細かいニュアンスまでは分からないから、会話の相手が表現しているところの暗示までは感知できない。だから、あえて深いところまで探ろうとは思わない。あえて近づこうとは試みない。まわりを多くのタイやヒラメが泳いで通りすぎるのを見るが、彼らがいったいどこから来て、どこへ行こうとしているのかも分からない。水泡を出しながら何か言っているようであるが、その意味がさっぱり解せない。解したいとも思わない。

所詮は帰る身である。いずこへ？　多分もと来た浦島国の浜辺へ。もともと龍宮国に付属する身ではない。だから、龍宮国の社会的環境に同化して泳ぐ必要はない。なおさらに同化したいとも、されたいとも思わない。ただ、彼らが泳いでいるのを漠然と見ているだけでいい。

だいたいが、龍宮国における世間の構造とか仕組みというものに対する知識がないから、ここでの世間様というものが読めない。たとえば、いつも通る道筋にある店々が何を売っているのか、何を営んでいるのかさえも皆目解せない。看板を見てもぴんとこないが、そもそもそれらの店がなんであってもいっこうに差し支えない。こんなふうに、すべてのことが実体性を帯びない。状態は感覚性失語症に近いが、この失語症はそんなに悪くはない。日常はそんなに差し迫らないし、ものごとの本質が見えないわけでもない。

加えて、煩わしい日常の気遣いを一切しなくてすむのもいい。朝の目覚めから夜の就寝までのすべての時間を自分の意思で動かすことができる。実体性はなくても一日は一日である。二四時間のすべてを自分のために使えるのは心地よい。それをとがめる隣人も近親もいない。しかるに、頭の下げ方が少し足りないと一投足を見とがめられることもない。龍宮国におけるタイコを評価する物差しは、血筋でも近親の職業や学歴でもなく、タイコ自身である。

すなわち、タイやヒラメの舞い踊りを見ながら、乙姫様の接待を受けているゲストの気分が悪いわけがなく、龍宮国における浦島タイコの気分は解放されてすこぶる爽快なのである。そんなタイコの前に現れたのがジムだった。

浦島タイコがジムと出会ったのは、龍宮国某市のコミュニティカレッジのカフェテリアである。タイコが初めて龍宮語（英語）学校の生徒として龍宮国に渡った翌年の一月、浦島国の神戸を大きな地震が襲った。おそらく神戸と某市とは姉妹都市か何かだったのだろう。某市福祉事務所の職員であり、以前に神戸に派遣されていたジムに英文見舞い文の浦島語への翻訳がまかされた。そして、浦島国語の口語と文語は大いに違うということで、少しは役にたつだろうと、浦島国人を長年やっているタイコが紹介されたというわけである。仲介した浦島さんは誰だったかって？　もちろん、ハンサムなジムをとりかこむ浦島国の若い女性たちの一人である。

まあ、そんな経緯で、ジムとタイコの友人関係がはじまった。浦島語を話したいジムのために、会話はほとんど浦島語で行われた。そのほうが、まだ英語に不慣れなタイコにとっても好都合だった。

ジムと知りあったばかりのとき、彼との会話のなかにこんな質問があった。

「浦島国では、女性は結婚したら男性の友人をもてないのですか？」

「そんなルールはありませんが、難しいでしょうね」

「実は、浦島国で、結婚しているある女性と親しくなりました。友人になれると思ったのですが、彼女の夫の反対でなれませんでした」

「そうでしょうね。焼き餅です」

「ヤキモチ……それは何ですか？」

「ジェラシーです。浦島国のたいていの夫は自分の妻が他の男性と親しくなるのを嫌います」

「そう……では、タイコさんの夫はどうですか？」

「多分、私の夫もいい気分はしないでしょうね」

「では、僕の友達になれませんか？」

「私は夫の妻ですが、私は私です。報告はしますが、許可を求める必要はないでしょう」

「強い奥さんですね」と、ジムは笑った。

その笑顔に向けて、タイコは言った。

「ジム、あなたは私のとても大切なフレンドです」

浦島国では、たいていの場合、フレンドという言葉からは同性を思い浮かべる。だからからか、単なる男友達でもボーイフレンドと呼ぶ。たとえば、彼は私のボーイフレンドよ、と友人から紹介されたとき、紹介された人は、よほどのことがないかぎり、彼女

の恋人とは受けとらない。しかし、ここ龍宮国では、よほどのことがないかぎり、彼女の恋人と受けとる。同様に、ガールフレンドという言葉も同じ意味をもつ。ただの友人なら、男性でも、女性でもフレンドと呼びあう。だから、男性の友人が男性とはかぎらないし、女性の友人が女性とは限らない。それは、龍宮国では友人関係を繋げる範囲が男女関係を問わないからかもしれない。男性でも女性の友人がいることに、女性でも男性の友人がいることになんの制限もない。そんなことに拘泥しない社会的背景が成立しているのかもしれない。

あるとき、インターナショナルの二〇歳ぐらいの男子学生から「フレンドはいるか?」と訊ねられた。かつて浦島国の誰からも訊ねられたことのない質問である。質問の内容はいたって簡単である。浦島タイコでも聞きまちがえるはずがない。しかし、彼の質問の意図が計れなかった。誰にだって二人や三人の友人はいるにきまっているじゃないか、なぜそんなきまりきったことを質問してくるのか? それとも、龍宮国に友人がいるかという意味で、なのだろうか、とも。質問者は返事に戸惑っているタイコの顔をのぞきこんでくる。龍宮語が聞き取れなかったとでも思っているのだろう。仕方がないから、フレンドとはどういう意味かと訊ねる。

「あなたが困ったとき、あなたを助けてくれる人」

ますます考えさせられた。同邦の顔が何人か浮かぶが、さて困ったときに助けてくれる人は？　たとえばあの人は……頼めば助けてくれるかもしれないが、あの人に助けを求めるだろうか？　では、この人は……話は聞いてくれるかもしれないが、適当にはぐらかされるような気もする。そこまで考えて、はて、と思考が止まった。いったい、「困る」とは何を指して言うのだろうか。すぐに頭に浮かぶのは「金」である。借金を申し込む、あるいは保証人の引き受けを依頼する。しかし、浦島タイコが友人と呼んでいい人たちは、そろってその日を慎ましく生きている人たちばかりである。無い袖は振れないという諺がある。どんなに金に困っても彼らに頼まないだろう。では、彼らは自分の友人ではないのだろうか。ときどき息災を確かめあうだけの仲だが、彼らは青春をともに過ごした、見栄も何も包み隠さず、心のうちを聞いてもらえる「友人」だと、今まで思ってきたけれど。

もしも、借金を申し込むとしたら、と……一つの顔が浮かんできた。自信はないが、その人なら少額の範囲でなら貸してくれるかもしれない。しかし、その人のことを友人と呼ぶわけにはいかない。もし呼んだら、私はたかだかあなたの友人ごときか、と眉をしかめるに違いない。そう考えてくると、自分には友人と呼べる人はいないということになる。

困惑しながら答える。

「よく分からない。たくさんかもしれないし、誰もいないかもしれない」

「なぜ、分からない？」

なぜか、と訊かれても、もう、考えるのも答えるのも面倒になった。

質問の矛先を変える。

「では、あなたは困ったとき、フレンドに助けを求めるの？」

「なぜ、できないんだ？」

「たとえば、どんな時？」

「人生で迷ったりした時。ここへ来る時も訊いたよ。どうしようかって」

彼との会話はこのあたりで終わった。時間がきたのである。教師の合図で会話の相手を変えなければならなかったからである。以上は、相手を適当に替えて会話の練習をする単なる授業中でのひとこまであるが、タイコに、友人とはいったい何なのかという思考に至らせたひとときでもあった。

そこで、タイコは過去における友人との付き合いに思いをめぐらしてみた。かつて、選択に迷ったとき、どちらの選択肢を取るべきかなんてことを友人に訊ねたことがあっただろうか。すべて自分自身で決めてきたような気がする。相談したとしたら、親や先生などの位置関係が自分より上に位置する人たちであったろう。同様に、友人たちの誰からも、就職やら結婚やら、人生の過渡期における相談を受けたおぼえはない。結果を後から聞かされただけである。まあ、これはたんにタイコが頼るに足りなかっただけかもしれないが。

つまり、こうだ、ああだと、愚痴らしきことは互いに言いあえる、時には意見の衝突もあるが、気がねなくものが言える、屈託ない会話のうちに解決策が見えてくる時もある、加えて、なによりも、ともに行動していて楽しい、こういう相手が友人である。これが浦島タイコの友人観だと気がついた。

友人観は、国や文化圏によって差異がある？　そうかもしれない。では浦島国住民の一般常識をもって考えれば、浦島国において互いに友人と見做し見做されるためには、彼らの本質的条件や環境的背景が互いにある程度には同じレベルでなければならないような気がする。たとえば、互いに同世代であること、互いに同性であること、互いの社会的地位や背景が釣りあっていること等である。すなわち、社会を形成する同じ枠組みの中でしか友人関係が成立しない傾向にあると言っていいのではなかろうか。たとえば、各自の背景があまり影響しあわない学生時代、優劣を競いあうことのない同じ職場の同じ程度のポジション、同じ学校に通う子どもの母親どうし、とかである。

さらに、友人関係が異性となると、学生時代のグループ交際はさておいて、その存在は難しくなる。現代の若者の貞操に対する感覚と価値観は想像つかないが、龍宮国に来ている浦島国の若者を見ていると、女性のバージンが重んじられていた浦島タイコの若いころと違って、そんなことにはあまりとらわれていないようにも見える。が、こんな時代においても、既婚者でも異性の友人を独身時代と同様に保持できるかどうかは別問題である。異性の友人関係は、一方が結婚すれば、その一方の家庭の平和のために時間とともに疎遠になっていくのが自然の流れであろう。夫婦のどちらかが異性の友人を持つなんてことは、公にしろ、秘密うちにしろ、可能性はなくはないが、難しい。夫婦ともに友人関係にあれば、楽しい関係が築けるかもしれないが……。

ところが、龍宮国においては、うらやましいことに異性の友人が特別視されずに存在できるらしいのである。男と女の関係は何も色恋の関係だけにかぎらないなんて、なんと快適なことか！

ジムから電話がかかってくる。たいてい浦島語である。

「ハーイ、タイコさーん、今、何してますか?」

浦島語での会話は、浦島語を忘れたくないと、テープを聴いたりして勉強を続けているジムにとっても、龍宮国に来たばかりのタイコにとっても都合がよい。気楽である。ただし、会話そのものは子どもどうしのようになる。

「ホームワークをしてました」

常に宿題に追われているタイコの第一声はたいていきまっている。

「今度の週末はいっしょに何をしましょうか?」

「水族館に行きたいです」

浦島国民との会話なら、行ってみたいと、遠慮意思の「みたい」を付け加えるところだが、センテンスは簡略なほうが分かりやすいだろうと、めんどうな表現は省く。

「スイゾクカン? それは何ですか?」

「アクアーリアン(aquarium)・イン・バンクーバー。魚を見たいです」

「スイゾクカン、いいですねえ、たのしそうですねえ、魚が好きですか?」

「はい。すべての動物が好きです」

「では、日曜日に行きましょう。何時に出発しますか？」

「いつでも。あなたの都合のよい時間でいいですよ」

「私のツゴウ？　ツゴウって何ですか？」

「ジムさんの好きなとき、いつでもという意味です」

ここは英語をまじえて説明する。

「ああ、分かりました。時間はまた土曜日に電話します」

「オッケー」

「えっと、タイコさん、散歩、好きですか？」

「はい、大好きです」

「では、あした、散歩しましょう」

「どこですか？」

「川の横にある道を歩きます。海につづきます」

海まで続いている川べりにある散歩道を想像する。

「とてもすてきな所です。……そして」

僕のお気に入りの場所です、と英語で言う。

「オッケー」

「あす、五時半に迎えに行きます」

「オッケー」

「これから、犬の散歩に行きます。オヤスミナサイ、タイコさん」

「おやすみなさい、ジムさん」

翌日、ジムが約束どおり、あまり立派とはいえない車でアパートまで迎えに来た。季節は初春、緯度は北海道の稚内よりも上に位置するから、春から夏へと、そして秋にかけての太陽はいつまでも落ちない。九時までは確実に明るい。車に乗って一五分ぐらい、その散歩道の入口のような所に着いた。外に出る。川風が意外に冷たい。ジムがトランクを開ける。段ボール箱がいくつか入っている。その一つをごそごそやって、自分はよれよれのセーターをかぶり、タイコにも洗いざらしのトレーナーを手渡す。

「ありがとう」

腕を通した一瞬、かすかに石けんの匂いを感じる。ぶかぶかだが風は遮られる。

その当時、ジムは通常の仕事のうえに、ハウスシッターをしていた。ハウスシッターとは、頼まれてよその家の留守番をする人のことで、旅行や何かで家を留守にしなければな

らない人のために、その家に寝泊まりして、庭に水をやったり、ペットの世話をしたりと家の管理をする仕事である。そのころ、まだジムは正式に離婚していなかったから、夫婦のための一軒家は借りてはいたらしいが、そこには住みたくなかった。よって、新しい雇い主を見つけてはハウスシッターとして寝泊まりしていたのだろう。だから、車のトランクには生活雑貨を入れた段ボール箱がいっぱいで、犬の散歩もしなければならなかった、というのがタイコの想像だった。

散歩道は、車を止めたところが出発点で、川の土手沿いに内海まで続いていた。見渡すかぎり、茫洋と広がる平原と、そこをうねりながら悠々と流れる大きな川、そして土手道が続く。頭をあげれば、青い空は高く、無限にひろがっている。

道すがら、ときどき散歩を楽しむカップルやジョギング姿と出会う。二人は他愛ないおしゃべりを楽しみながら歩く。片言の英語と片言の日本語が愉快さを呼ぶ。話題はなんでもいい。たとえば、川面に鴨が群れていたから、浦島国には「鴨が葱を背負ってくる」という諺があることに及ぶ。この鴨と葱の話なんかは、タイコによる浦島語と英語の混ぜ言葉で、正確に意味が通じたかどうか怪しいところだ。

「浦島国のダックはグリーン・オニオンをくわえて飛んできて、いっしょにボイルされて、人間に食べられるのですか?」

ジム、さも愉快そうに言う。

「はい。その料理をカモナベと言います」

タイコ、わざと真剣な表情をつくる。

「カモナベ? おいしいですか?」

「分かりません」

「ホワイ?(why)」

「食べたことがないからです」

タイコはふきだすが、嘘ではない。

ダベりながら歩く。歩きながらダベる。ゆっくりと、どれくらい歩いただろうか、ゆうに一時間以上は歩いて、散歩道の突端に着いた。北の海は南のそれのようには美しくない。ただ土色を見せているだけだ。むかしここに小さな船着き場があったのだろうと思わせる橋脚の名残のような棒が、波に洗われ朽ちるにまかせて何本も規則正しく並んで立っている。その他にはめだったものは何もない。そんな寂しい景色を見ながら、どちらからともなく土手の上に腰をおろした。

川の真水と海水とがまじりあった淀みに、一羽の鴨が揺れながら浮かんでいる。

「おいしそうですね」と、ジム、タイコの顔を見てにやっと笑う。にやっと笑い返したタイコだが、冗談にも言葉では同意したくない。

「カモは食べたことはありませんが、いろいろな動物を食べました。むかし若いとき、森のなかで三ヵ月ぐらい暮らしたことがあります」

若いころ、ヒッピー（hippie）をしていた時期があるというようなことを聞いていたから、あまり驚かなかったが、何と返答してよいのか見当がつかず、タイコは黙ってうなずいた。文明をもちこんだ単なるキャンプ生活だったのか、それとも本格的な野生生活だったのか、訊いてみようと言葉を探していたら、ジムは唐突に「ごめんなさい。私は悪い人です」と言った。

悪いという言葉に多少驚いて、タイコはジムの顔を見る。銃をかまえるような格好をしてほほえんでいた。

「ガンで撃ったのですか」

「ドーンと撃ちました」

「殺したんですか?」

「はい、殺して食べました。私は悪い人です」

ジムの言う「悪い」という意味がよくのみこめなかったが、動物を殺して食べる人が悪い人なら、ベジタリアン以外の人は悪人ということなる。どう答えていいか分からなかったが、とりあえず、「いいえ、あなたは悪い人ではないです」と言う。

「いいえ、私は悪い人です」と、ジムはまじめな顔つきで何回も言う。

全体、人のすべてを知ることができるだろうか。二〇数年ともに暮らしてきた人のことさえ肝心のところは何一つ分かっていなかったタイコである。年月の長さは人を理解するための保証とはならないことは知っている。

ジムが繰り返して言っていた「私は悪い人」は、浦島国にいたことのある彼が学んだ謙遜話法なのかもしれないが、それにしても、タイコが否定しても何回もくりかえす「私は悪い人」という言葉に、もしかして彼は本当に悪い人、つまり過去に犯罪歴でもあるのかしらんと、一瞬心の隅で怪しんだぐらいであるから、よその国の言葉を適切に使うということがいかに難しいかということの証拠には違いない。

ところで、浦島国で「悪い人」と人を表現する場合、刑務所に入るような人を除いた一般の人を指す場合、嘘ばっかりついて悪い人、女遊びばっかりして悪い人、飲んだくれの悪い人、真面目に仕事をしない悪い人、という具合に、悪い人の前に何に関して悪いのかという説明があって、意味をなす言葉になる。いったい、ジムはこのうちのどの範疇にはいるつもりで悪い人を主張したいのだろうか。そんなことを思っていたら、タイコの内心の声が聞こえたのか、ジムが言った。

「嘘をつきますね。お酒を飲みますね。タバコを吸いますね。仕事が嫌いですね。女の人が好きですね。ほら、私は悪い人ですね」

タイコはこんなジムが大好きだった。一緒にいて楽しい。話をしていて楽しい。お互いに国も文化も違う、性も年齢も違う二人がたまさかに出会って、片言で相互の世界を交換する。タイコにとって男女の愛とは違う次元での愛だった。

……そして、時という列車は乗客の都合などに頓着せず走り続ける運命にある……

「今、アイルランドへ移民申請しているんです」と、ジム。

「あなたの血筋はもともとアイルランド人だから、きっと許可されるわよ」

「そう、願いまーす」

「向こうで何をするんですか?」

「ヨーロッパ共同体って知ってますか?」

「はい」

「加盟国内なら自由に行き来できるんです。ときどきフランス、ときどきスペインっていうぐあいに、好きなことをして生きていきたいです」

「だったら、エッフェル塔の下で、観光客の似顔絵を描くっていうのはどうですか? そうしたら、好きな絵を描いて生きていけますよ」

「理想的ですねえ」

「じゃあ、パリに行ったら、またひょっこりジムと会えるかもしれない」

「うん、ばったり出会ったりして、そんな偶然があったらいいですね」

料理が運ばれてくる。一瞬、会話がとぎれる。

「うーん、とてもおいしそうですねえ」

ジムの浦島語には優しい響きがある。これもおいしいですよと、自分の料理をタイコのために別皿に分けてくれる。ジムにはそういう優しさがあったことを思い出す。

「サンキュー」

タイコも自分の料理を別皿に移してわたす。

「ところで、大学に行って何を勉強するのですか?」と、ジム。

「決めていません」と、タイコ、首を横にふる。

「卒業したら、どうしますか? 日本に帰りますか、それともここに残りますか?」

「分かりません。もう歳だもの、ただ一つ分かっていることは……いま必死に走っている先には自分の墓があるってことぐらい……かな」

「それだったら、僕も同じです」

「冗談ばっかり。あなたは私よりよっぽど若い」

タイコはジムの年齢を知らない。じかに訊ねたこともないし、彼が自分の年齢を絶対にあかそうとしないことは人づてに聞いている。

「一〇歳は若い」と、タイコ、鎌をかけてみる。

「いえ、いえ、それに私、タイコさんの年齢を知りません」

「嘘ばっかり、以前に言った覚えがありますよ」

「そうですか。じゃあ忘れたのでしょう」

ジムの声が笑っている。

タイコは「嘘ばっかり！」と心のなかで思う。

「ところで、移民申請が却下されたらどうしますか？　ここにいるのでしょう。家も買ってあるし、きちんとした仕事もあるし」

「多分、ハワイ！　ハワイに行きます。日本もいいかもしれません」

「ハワイで何をするのですか？」

「三日働いて、四日ぼうっとして暮します」

「わお、うらやましい！」

「はい、ほんとうにそうなりたいでーす」

食べながら話し、話しながら食べる。ときどき笑いがおきる。龍宮語と浦島語ごちゃまぜの会話である。ダウンタウンにあるタイ料理店での楽しいひとときであった。

こうやって、ジムと話すのは何年ぶりであろうか。タイコが浦島国で離婚をはたし、カレッジの生徒として龍宮国にもどってきて以来だから、少なくとも二年という歳月がたっている。最初の出会いから数えたら四年以上の月日である。

会おうと思えば会えたはずである。家や勤め先の電話番号は知らされていたから電話をしさえすればよかった。しかしタイコはしなかった。そしてジムからもなかった。

歳をとると月日の流れるのが実に早く感じられる。カレッジの生徒として毎日をテストと宿題のための勉強に、白髪がまじりだした髪を振り乱して明け暮れているうちに、気がつけば、あっというまに二年が経ち、卒業の日を迎えていた。タイコは四年制大学へ編入するため、この町を去らなければならない。

同じ町に住みながら、ジムと二年も会っていなかったなんて不思議な感慨だった。まあ、こんなふうな無沙汰は浦島国の知人間でもなくはないが、一言の挨拶もなしという不人情なことだけはしたくなかった。だから、一度はジムに電話をしなければと思いながら、実行がのびのびになっていた。そんな矢先、二人は偶然にカレッジのカフェテリアで会ったのである。実はこうこうで他州に行くことになったと、タイコが話しだしたところで、では食事を一緒にというジムの誘いにのった、というのが会食をもつことになった顛末である。

楽しい会食も終わった。人と人はいつか別れなければならない。どんなに睦まじく暮らす夫婦でも、どちらかの死で別れはくる。子どもとのあいだにも別れはある。愛のかたちは、親への愛、兄弟姉妹への愛、夫への愛、子どもへの愛、そして友人への愛や恋人への愛と、いろいろあるけれど、タイコが抱くジムへの愛はどれにふくまれるのだろうか。ジムとタイコはもちろん恋人どうしではない。過去にそんな雰囲気がなくもなかったが、彼は誰にでも優しくふるまう紳士である。そんな優しさを自分だけに向けられた特別の好意と解釈するほどタイコは若くない。つまるところ雰囲気は雰囲気で終わっただけの友人関係である。ただの友人関係だが、男と女ゆえに、愛情の形は名状しがたくなったというだけである。これはあくまでもタイコ側の感情ではあるが……。

男と女の関係も、こんなふうにカラッとしたものなら気持ちがいい。しかし、一度、夫婦関係を結んだものどうしになると、そうはいかないのかもしれない。

会食の帰り、タイコを寮に送る車のなかで、「離婚した元ワイフがまた訴えをおこしてきました」と、ジムが下唇を噛んだ。タイコがジムにはじめて会ったころ、彼は別居していて離婚訴訟の最中だったことを思い出す。奥さんが離婚そのものに承諾しなかったのか、金銭的に折りあわなかったのか、裁判の仔細は知らないが、ようやく離婚できたという喜びの手紙をジムから受けとったのは、タイコが日本に帰っているときである。そして、「再び訴訟が起こされた」とジムから聞いたのが、カレッジ入学のため再度龍宮国を訪れたときだから、今回で三回目ということになる。

「なぜ？」

すでに離婚した妻が以前の夫を相手に二度も三度も訴訟を起こせるのか？　なぜなのか、龍宮国の民法を知らないタイコには素朴な疑問であった。

「知りません。金が欲しいのでしょう」

ジムの答えはタイコの疑問には答えていない。しかし、タイコは質問を控えた。詳しい事情を知らないタイコに言えることは、「アイ・アム・ソーリー」、同情の言葉しかない。

「浦島人のガールフレンドが結婚してほしいと言ったけれど、私はそんなことは絶対しない」と、ジムは否定語を強めた。

横を向いてジムの横顔を見る。窓からの爽やかな初夏の風が頭髪をまきあげて地肌を見せている。タイコは歳月を感じた。自分の髪も薄くこそなっていないが、だいぶ胡麻塩になった。心のなかで「アイ・アム・ソーリー」を繰り返す。

誰にむけての「アイ・アム・ソーリー」なのか？　ジム？　彼の奥さんだった人？　結婚を断られた浦島国の女性？　一人で生きていかなければならないタイコ自身の孤独な精神への憐憫？　それとも、光陰の残酷を独り背負って生きねばならない人間の宿命みたいなものに対して？

しょせん、人は独りぼっちなのかもしれない。独りぼっちは寂しい。だから二人になりたがる。二人とも幸福になれば幸いである。だが、二人のほうがもっと寂しいと知ったときはどうするか。一人のときも、二人のときも癒やしなんてどこにもないという絶望を知る。が、人は生きていかなければならない。そう生きていかなければならないと、タイコは心の底でため息をついた。

タイコはジムの奥さんだった女性を、この女性がそうであるという程度で知っていた。ジムと知りあったころ、彼女はカレッジに在学していた。タイコがカレッジの生徒として二度目に龍宮国に来たときも、彼女はまだカレッジに通っていた。カレッジへの行き帰り、彼女の姿を何回か見たことがある。時の流れとともに、いつのまにかキャンパス付近で彼女の姿を見なくなったから、カレッジを卒業するか、何か資格を取ったかして、どこかに移ったのだろうと、勝手に想像していた。中南米出身の美しい人である。ジムと一緒に浦島国にも行っている。

離婚の理由のようなものは、知り合った当時、ジムから簡単に聞いている。しかし、自分自身も離婚を画策していたタイコとしては、彼女の言い分を聞かないうちは一方的にジムの立場にたつことはできなかった。夫の言い分があるとしたら、妻の言い分もあるはずである。彼女が三回も訴訟をおこした理由は、ジムが言うように、単なる金銭上の問題だけなのだろうか。

「二人の仲が陰険になるまでは、とても幸せな毎日でした」とは、ジムの言葉である。ジムは妻を愛し、二人で楽しい日々を過ごしていた。言いかえれば、妻もジムと二人で満ちたりた愛情生活を送っていたわけである。生き方の違いがあらわれるまでは。二人の生活のなかに、愛の結晶を加えるか加えないかの意見の相違である。たとえ「子どもはもたない」という条件をのんで結婚したとしても、より強い安定をもとめて、女は子どもをほしがるものである。龍宮国市民でなかったらなおさらであろう。

その別れの会食以来も、ジムとはEメールでちょっとした近況の報告はしあっていたのであるが、久しぶりに送った彼へのメールが宛先不明で届かないというメッセージを受け取ったきり、彼との接触はたたれたのである。

いつだったたか、ジムとこんな会話をしたことがある。カレッジのある町から北へ車で三〇分ぐらい、林のなかに彫刻公園があった。そこを二人で、これは何に見える、あれは何に見える、あるいは、この作品は好きだ、嫌いだと、各自好き勝手に批評しながら散策していた時である。

「タイコさんの一番の願いは何ですか?」

突然にそんなことを尋ねられたって答えようがない。タイコは、願い、願いねえと考えた。年齢とともに物質的には欲しいものがなくなってきている。精神的にはいっぱいありそうだったが、そんな答えは浦島語でさえ、何と答えていいのか咄嗟には思いつかない。しかたなく、

「ナッシング」と、答えておく。

「あなたはどうなの? ジムさんの願いは何?」

彼には特別に願いのようなものがあるから、そんな質問をしてきたのであろうに、問題をはぐらかして、ふざけだす。

「この彫刻が欲しいですね。あっちのも欲しいですね」と、地面の上に直接展示されている作品群を指差して歩きだす。

「オッケー、オッケー、オッケイ!」と、ジムの調子にあわせて大仰に反応を示しながらジムについて歩く。タイコはいささか疲れた。どちらからともなく、「疲れました。そこのベンチに座りましょう」と、二人してベンチに座った。まわりは静かである。動くも

のはちらちらと揺れている木漏れ日だけである。

「まだ、ジムさんの願いが何なのか聞いていませんよ」

しばらくの沈黙のあと、ジムは口をひらいた。

「むかし、僕がまだ中学生のころ、不思議な瞬間をもったのです」

「……」

「それが、何だったのかよく分かりません。でも、思ったのです」

「……」

「僕はどこから来たのだろうって。ほんとうに、どこから来たのだろうって」

もちろん、彼が意味したことは、母親の腹から出てきたなんて物的なことではなくて、こころの問題であろう。

「自分は誰なのか？　という疑問なの？」

「ある意味ではそうです……答えが欲しいという私の願いは未だにかなえられていません」

ジムはアイリッシュ系アメリカ人だったけれど、こころは浦島太郎で、「僕はどこから来た？」という疑問の答えを探すために、彼はもと来た浜辺へもどったのかもしれない。

タイコも同じである。
私は誰？
どこから来たの？
そして、どこへ行くの？
……互いに浦島なにがしだった二人が再び出会うことは二度とない……。

ラクーンとオポッサムと ついでにコメット

北はカナダとの国境線をひかえ、西は太平洋に洗われているワシントン州。州都はオリンピアだが、世界的に有名な都市はシアトルのほうであろう。そのシアトルから車でハイウェイ五号線を時速百キロで北に向かって走ればおよそ一時間強で着く町が、ここマウント・バーノン（Mount Vernon）である。そのまま一時間も走り続ければ、カナダとの国境線を越えてバンクーバーに着く。

気候は、北海道と同緯度のあたりに位置しているが、太平洋を流れる暖流が影響しているのであろう、冬でも意外と暖かい。雪もめったに積もるほどには降らない。しかし、東側に連座するロッキー山脈につづく峰々には夏でも雪を見ることができる。よってここは、冬さほど寒くなく、夏さほど暑くなく、しかも太陽が射せば汗ばむ程度には暑く、西には海をひかえ、東には夏でもスキーを楽しめる山をかかえている快適な所といえる。ただし欠点もある。雨と曇の日が一年を通して絶対的に多いということである。なかには雨ばかり降っていて気がめいるという人もいたが、私はここの気候が好きだった。雨といっても、ここのはしとしとと静かに降ることが多く、ザーザー降りはめったにない。

豊かな緑がそこらじゅうに残っている人口一万四千人程度のカントリーサイドにあるマウント・バーノン。寮の建物のまわりにも長い年月のあいだ風雨に耐えてきたと思われる背の高い杉やポプラ類の木々が悠然と立っている。それら木々のあいだに、直径がゆうに二メートルはある木の株がいくつも地面から三メートルぐらいのところで伐採され、皮や肉のような贅物なものはすべて土に返して、なおかつ尊厳を失わず立っている。切られた後どれくらいの歳月を経ているものやら想像もつかないが、その一本の木が人間に与えた恩恵なら想像がつく。この地に初めて入った開拓者が、木を伐採して、家を建て、橋を架け、この町を創ってきたにちがいない。つまり化石のように立っている切り株のモニュメントは、ここらがかつては原始の森だったということを如実に物語る証拠であると同時に、この町の発展を当初から見続けてきた鳥瞰者でもあろう。実際、寮の自室から見えるのは、我が部屋を覗きこむようにして枝をのばす樺の枝の緑と、寮の横に設置された広い駐車場の無機の色、そしてその向こうに続く林の緑の色である。

その駐車場を、まだ日が高い真っ昼間にモンロー・ウォーク風情で歩いているラクーン（アライグマ）をよく見るようになって久しい。今も、カラスがあまりにもうるさいから、ふと窓から外を見ると、またモンローが駐車場を縦に横切っている。横切っているんだから縦というのはおかしい言い方だが、しかし実際そうなのだから仕方がない。自動車が並列している端を、丸い尻をこちらに向けて遠ざかっていく。

そのスローテンポに左右に揺れる丸い尻を見ていたら、自作の物語にタヌキを登場させたことを思い出した。タヌキに藪からやぶからぼうに出てこさせ道路を横切っては消えるだけの通行人ならぬ通行ダヌキを演じさせて、何らかの雰囲気をその場面に加えたいというのが、狙いだったのだが、それが功を奏したかどうかは知らぬ。そんな場面を設定はしたものの、もちろんそんな話は嘘っぱちである。日本では夜、餌をあさりに庭先に出没するという話はきいたことがあるが、真っ昼間からタヌキが人間の領域に出てくるなんて話は聞いたこともないのだから、見たことがあるわけがない。動物園の檻のなかのほとんど手入れがされていない薄汚れたタヌキしか見たことがないのに、物語のなかに、道路上を日中のこのこと歩いているタヌキを想像して描いたら、今その風景が（タヌキとアライグマという違いはあっても風体は同じようなものだから、一枚の絵として見たらさして変わらない）現実となって目の前に展開されたわけだから興味深いことこのうえないと一人合点する。ちなみに辞書で調べたら、英語でタヌキはラクーン・ドッグとあった。なるほど、日本のタヌキはアメリカに渡り、ラクーンつまりアライグマに化けたってわけか。

このときどきに昼間から姿を現すアライグマは同一のアライグマだろうと推察した。なにも私が彼らの面相に詳しいとか、尻の形や尻尾の模様を見分ける識別眼にたけているというわけではなく、彼らはテリトリーのなかで行動しているはずであるから、同じ場所で同じ行動をしたら、それは同一のアライグマと見做すのが当然であろうと考えたからである。それにそう考えたほうが愉快である。よって、いつも一匹でのこのこと出てくるこのアライグマを独り者と仮定し、お尻の振り方がめっぽう艶めかしいということで、私はそのアライグマを女の子ときめつけ、モンローと名付けた。

それより遡ること、私がモンローに初めて会ったのが、はっきりとは忘れたが、寮に住みはじめて三〜四週目ぐらいの夜で、パーティの残物である生ゴミを外のゴミ箱に捨てに出たさい、ひょいと出会ったのである。その夜は金曜日だったということだけは確かである。なぜなら、金曜日の夜は、解放感からか、寮のたいていの建物から騒々しい音楽や大声が遅くまで聴こえてくる特別の夜だからである。

ルームメイトのアヤの提案で同じルームメイトであるアメリカ人のベッティとアンに日本食を馳走しようということになった。アヤが豚カツと生ガキを、アンがタコス、ベッティが飲みものとしてマルガリータ、私はちらし寿司とホタテの酒蒸しをそれぞれに提供することになり、料理するところからパーティは始まった。そして愉快な時間は過ぎ、片づけを終え、生ゴミの袋をさげて、階段を下りて外に出たら、目と鼻の先の杉の木の根元に、登ろうとしていたのか、それとも今まさに下りてきたところだったのか、モンローがいたのである。

モンローは相当にびっくりしたのであろう、咄嗟に背中を丸くしてこちらを凝視した。その目が建物からの光を受けて赤く光っている。当然、私の歩みもとっくに立ち往生という感じで止まっているわけで、しばらくのあいだ、立ち往生した美形モンローと醜形ババアとが見つめあうことになった。

その美形、なかなか引きさがらない。前もって決めていた通りの行動を中断したくはないが、たとえ友情っぽい顔をしていても人間というものは信用がならない、さてどうしたものか、と迷っているふうである。私としても当然引きさがりたくなかった。こんな見目麗しい奴と囲い無しで接していられるなんてことはめったにない、できるだけ長くそばにいたいではないか、ついでに握手もしてみたい。

というのは、小学生のころ、一匹のアライグマを主人公にした物語を読んだことから、アライグマは食物を洗う習性があるからアライグマと呼ばれるのだと思っていた。これに関しての事実のほどは知らない。しかし、実際にアライグマがそういう習性をもっているということは、日本のペット屋さんの店先で確認済みである。そのアライグマは鳥かごのような小さなケイジに入れられていたのだが、常に鼻の先で揉み手をしていて、私が手をさしだすと、その手をご丁寧にもみもみしてくれたという前例があったからである。

そんなことを思い出していたら、タバコを吸いに外に出てきた短パンにTシャツの白人ガールがアライグマをめざとく見つけてボーイフレンドを呼び、そのうえそのボーイフレンドがカメラのフラッシュをたいたものだから、モンローとしてはそれ以上そこに留まるわけにはいかなかったのだろう、すごすごという態で茂みのなかにひき返していった。

次なる拝顔は、それから一〜二週経ったある午後、わけの分からない授業を終えて、重くなった頭をかかえて、いつものようにカレッジと寮とのあいだによこたわる木立の下を歩いていたときである。日本語なら、どうってことない講義内容なのだが、英語で話される（当然だよね）からさっぱり分からない。耳を傾けても傾けなくても、結果的には解せないことに関しては同じなのだが、根がまじめだから、言葉の流れのなかから必死で単語をすくい拾おうとするから一時間もすると頭全体が痛くなる。しかし、聞き流しておけば頭は痛くならないかといえばそうでもない。この頭痛は古くなって適応力が失せた脳が突然に言葉のジャングルに迷いこんだすえの生理的拒否反応というものだろう。

しかし、そんな頭痛も、不思議なもので木々の下を歩きだすと、いつのまにか失せている。その日も、一息ついた気分で柔らかい感触を足の裏に感じながら木屑が敷きつめられた小道を歩いていた。そのときである、ずいぶん前方に尻尾に見覚えのある影が草のなかへと走るのを見たのは。

影はその小道をひといきに横切りたかったのであろうが、人間に出会ってしまい、しかたなく途中にそびえている木の下草のなかに隠れた、と見た私は、このさい遊ばないという手はないと、少しだけからからかうことにした。しかし恐怖は与えたくない。その木を遠巻きにして首をのばし下草の中に彼女の影を探す。さて、案の定、彼女はそこにいたのではあるが……いつまでもしつこく付きまとう人間に嫌気がさしたのか、突然に木に登りだしたのである。

へええ……と驚嘆して眺める私を尻目に、モンローの胴周りの何倍もある木の幹に貼りつくような態で登りだしたのである。動作は鈍いが、長い爪を木肌にひっかけながら登っているのだろう、確実に登っていく。だいぶ登ったところで、幹と枝との間に身体を置いてこちらに向き直り、下、つまり私を見おろした。そして、そこでは身体の安定がとれなかったのか、それとも私との距離が不十分と思ったのか、さらに上へと登る。そして、枝ぶりといい、高さといい、今回は格好の場所を見つけたのだろう、じっくりと腰を落ち着けた。モンロー、最初はしきりと木の下の私を気にしていたふうだったが、いつかうとうとし始めたのが、身体の丸め方と、首の落とし方とで分かった。

駐車場を闊歩するモンローをよく見るようになったのは、そんなことがあってからである。カラスが喧しいからすぐ分かる。まず寮の建物の陰から出てきて駐車場を例の歩き方で横切る。横切ったところに木立があって下草が生えているが、モンロー、その下草のなかに入っていくでもなく、そのあたりの臭いをしきりに嗅ぎまわる。やがてそれに堪能してか、こんどはそこを離れて駐車場を縦に横切りだす。その後、彼女がどこへ行くのかは分からない。窓からの視界は木立と寮の建物とで遠近法的に狭められていて、モンローの安穏に揺れる尻と尻尾は、その遠近画の奥まった一点においてふっと消えてしまうからである。

視界の境界線ぎりぎりまで彼女の尻を追いかけていた視線をふと戻したら、彼女と比べてひとまわり小さいが、同じ風体のものがいた。猫である。しかもご丁寧に太い尻尾には縞模様まである。その猫、モンローと同じ行動をとっていたが、やがて彼女を追うようなルートで駐車場を縦に横切りだした。

別の日のことである。午後三時ごろだったか、コーヒーを飲みながら二階のベランダに立ち、外を眺めていた。そのベランダから見える景色は、自室の窓から見える景色とは垂直に位置していて、前述のモンローが登った大木がそびえる林である。さて、さて、樹上でカラスがやけにやかましく騒ぎだしたから、もしかしたらモンローかなと思っていたら、ほんとうに林の茂みから出てきたのには驚いた。モンローはわき目もふらずこちらに歩いてくる。さいわい樹に登らねばならない事態にも会わず、私が立つベランダのちょうど手前までやってきた。私の位置からは見下ろすというかたちになるが、立ち位置が同じ高さなら、目と鼻を突きあわせていることになる。モンローの進路を阻む気持ちはもうとう無かったが、根っから動物好きの私、思いがけずベランダの上から声をかけていた。二度ほど顔を会わしているという気安さも手伝った。

「へーイ、ｙｏｕ」

モンロー、一瞬前脚の一つを宙に浮かしたまま、四肢を凝固させて上を見た。目があったのが、パーティの晩と、木登りを披露してくれたときと、これで三度目である。モンロー、「またこいつかよう、うんざりするぜ」と思ったかどうか、その表情は如何にも、「ぎくっ！」であった。

あは、っはあ……、明るいところで見ればなんとも愛嬌がある面構えである。驚かせたのは悪かったが、私の気分は爽快だった。

さて、モンロー、どうでるか……？

彼女、上を見たまま、浮かした前脚をそろりと後ろにひいて、二〜三歩下がり、ひょいと反対に向きを変え、かといって来た道をひき返すでもなく、進路を別方向にとった。

モンローとはそれでお別れかと思いきや、自室にもどったら、例の窓から例にたがわない彼女の姿が見えた。駐車場を横切る風体は余裕である。そして先日と寸分違わぬ行動をとったのち、やはり尻尾の残像を私の視界に残して消えた。

それで幕がおりるはずだった。

ところが……、
えっ？

再び例の猫の出現である。まるでモンローと落ちあっているかのようなタイミングで、モンローの後を追う。もしかしてデート？　ほんとうに猫なのか？　それとも猫のように見えるアライグマなのか？　私の頭上にクエッション・マークがいくつも並んだ。

ちなみに、このときを最後に、彼らの姿を目撃することはなかった。アライグマが日中のこのこと人間世界に出てきて何をしていたのか、ほんとうのところは何も分からない。

自分だってと私は我が身をかえりみる。異国にまでやってきて彷徨しているのは何のためなのか、何を求めてなのか、ほんとうのところは何も分かっちゃいない。

豊かな自然が多く残るカレッジ周辺には人間以外の先住民が多く住んでいる。私が遭遇した先住民はアライグマのほかに、シカ、ウサギ、記憶に残ったものとしてはオポッサムがいる。このオポッサム、辞書にはフクロネズミ目オポッサム科、夜行性の有袋動物で、木登りが巧みで、驚くと死んだふりをする、とあった。確かに一見ネズミ（特に尻尾がネズミっぽい）に似てはいたが、しかし身体はネズミよりずいぶん大きいし、姿形はイノシシの子どもに似ている。顔つきは夕刻の薄闇のなかで見ただけなので、はっきりとは形容しがたいが、毛は生えておらず前面に突きでていて硬そうな面相をしていた。かつて見たことがないから、奇妙奇天烈な面相としか形容できない。

ちなみに「狸寝入り」のことを英語では「プレイオポッサム（play opossum）」と言う。都合が悪いと寝たふりをしてごまかすのは、アメリカではタヌキおやじではなくオポッサムらしい。ところが生憎なことに、私が出会った奴は狸寝入りの芸当を披露してはくれなかった。この件を前もって知っていたら、奴を驚かしてここ一番という芸を見せてもらったのにと思うとちょっぴり残念である。

もっとも、私の目の前、七～八メートルぐらい先の草むらからひょいと出てきて、のそのそと進み、私の二メートル横をわき目もふらず毅然と通過し、一〇メートルぐらい先の隣庭の草むらにひょいと消えたオポッサム君にしてみれば、呆然と立ちつくすしかできなかった少し毛色の変わった人間など驚くに値しない奴ということになる。むしろ、その夜、初めて見る怪しい不思議な生きものに肝をぬかれ、枯れ木か何かのように死んだふりをして立ちつくしていたのは私のほうだったともいえるからだ。

その夜、私が外に出たのには理由がある。コメット（Hale-Bopp）を見るためである。その日の夜空はすばらしく晴れあがり、コメットを見るには好条件だった。

ここマウント・バーノンは高緯度に位置しているから春から秋にかけてだいぶ遅くまで明るい。最も遅くまで明るいのが、サマータイム時計での午後一〇時近くまでだから、日本時間でいえば一一時ごろである。夏季になると、太陽は真東よりずっとずっと北寄りから出て、真西よりずっとずっと北寄りに沈むから、ここの東西の地平線は広くなる。だからか、晴れわたりさえすれば、ここの夏季の夜空はえもいわれぬ美しさを見せる。高緯度のため、太陽が地平線に沈んだのちもその光は地球をつつむように空の高みに残るからであろう。高く微かにとどく陽を受けて、空は夜半近くまで神秘的な深いブルーをたたえることになる。

そんな夜空に白い尾をひいて光るコメットは肉眼でも鮮明であった。見た一瞬、身内で何かがピーンと張りつめた。大宇宙のなかの小さな地球と、その表面にかろうじてぶら下がっている塵のような己を実感する。科学とかそんな机上のものをはるかに超えた大きなものの存在を思う。宇宙を飛翔する巨大な氷の塊を、ただただ感嘆して見つめていると、ふと、ある幼いころの情景を思い出していた。


むかし家の裏を地下から水が湧きでる清流が流れていた。あるときその清流の底で何かがきらきらと美しい光を放っているのを見た。少女は飽きずにそれを眺めた。しばらくして少女はそれが何なのか知りたくなり、運動靴のまま水の中にじゃぶじゃぶ入り、その光るものに近づいた。手に取ろうとかがんだとき、それは突然に光を失った。川の底にあったのは、砂利や泥に半分ほど埋もれたガラスのかけらだった。そのかけらは少女が頭をもたげると元の光を放ち、手に取ろうと頭を水に近づけるとただのかけらにもどった。

私が初めて見たコメットの美しさは、幼いとき見たあのガラスのかけらの美しさと同じで、近づけば、無様な実体は露わになり、その神秘性は消える。ともあれ、青いベールをかぶったような天空に浮かぶ神秘的なコメットを仰いでいるときなのだ、オポッサムがあらわれたのは……。

ぎょっとする。

呼吸が止まる。

目玉だけで奴の影を追う。

こころのなかで叫ぶ。

What is that?

What is this?

首だけを奴の動きにあわせてまわし……再び。

What is this?

What is that?

And that is gone!

天空にコメット、地上にオポッサム。そんな光景のまっただなかに立っていることなんて、私にとって、エイリアンと出会うぐらいの確率である。

なんであれ、その一瞬に価値がある。

きょうこ
鏡湖

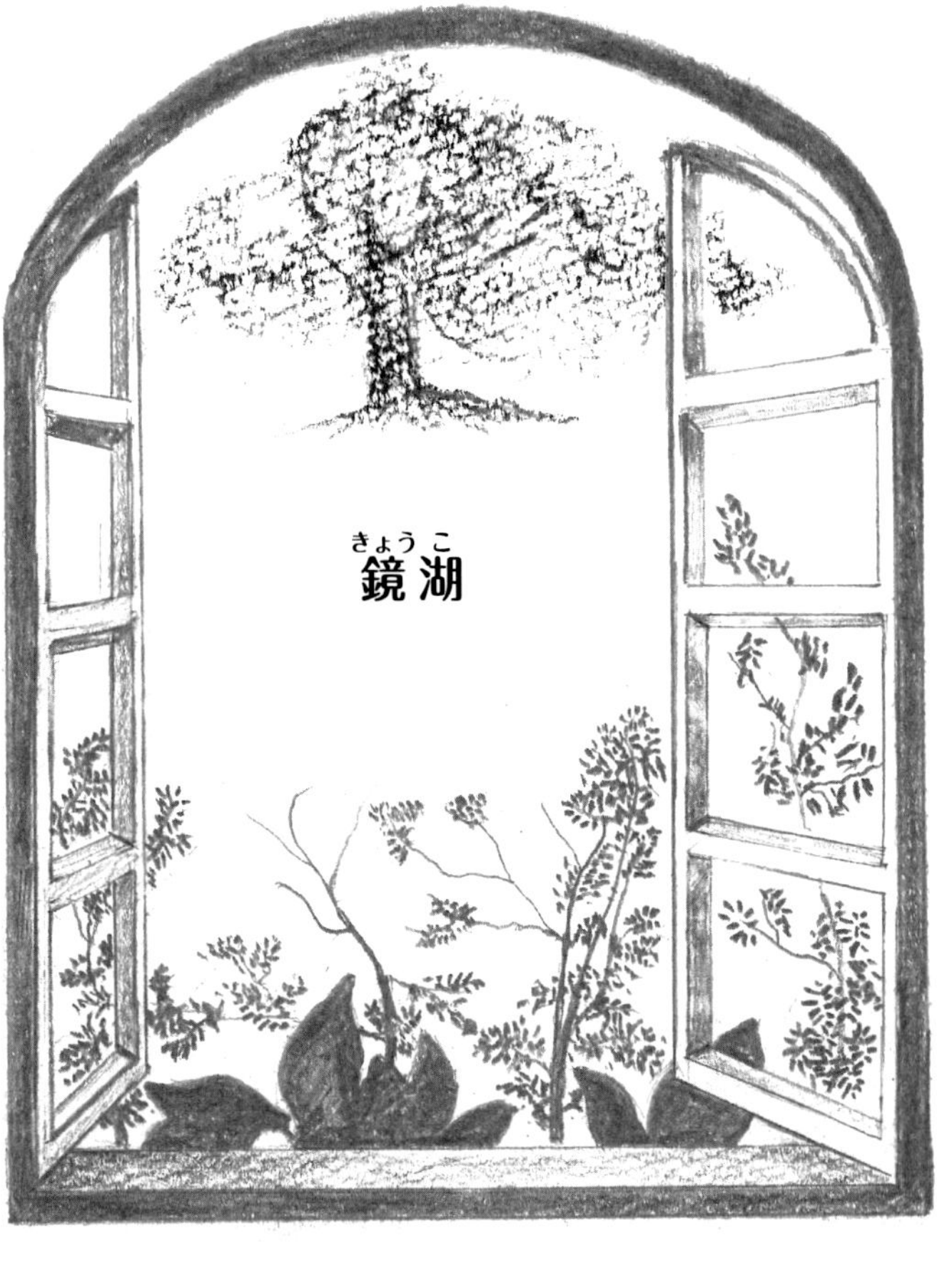

私は飛行機のなか。

一瞬の浮遊感とともに水平後方に流れていた窓外の景色が後方下に流れる。たちまち家も車も屋根だけの平面になり、そしてハイウェイは細い銀色の線になり、その銀色も消えれば地球上にあるすべてのものの立体感は失せる。

……やがて眼下に途方もなく大きなスクリーンが広がりだす。

空には雲ひとつない。少なくとも観劇者の視界をさえぎる白いものはかけらもない。大地からの反射光が目に痛いが、上空から地上を観劇するには最高のコンディションである。とはいえ、観劇者ははるか空の上にいるゆえ、観劇者の目に映る大地の形状は厚い空気の層に阻まれてくすむ。しかし、くすまないものがあった。水である。太陽の光を受けてきらきらと輝く水面である。その面は悠遠な下方にあっても、あくまでも水であることを主張していた。

大地の上を行けば凹凸がある。山岳や渓谷である。大地の上に立てば、その高低は視界をさえぎる。ある高さに立てば、渓谷を流れる水や湖沼の水面を見ることはできるが、その行方を追うことまではできない。たとえ最上階のビルの上に立ったとしても、なおそこには凹凸が支配する世界がある。水の行方を目で追うなんてことは不可能である。凹凸から逃れえるところは頭上の空しかないと、上を仰ぐ。そして、視界の一端から細い白線が延びはじめるのを目撃する。飛行機雲である。その白線を引っ張りながら進むものに視線を集中させると、一点のピンホールが見える。その瞬間、私はそのピンホールのなかに戻っており、そのピンホールとともに空を移動している。そこから下を見おろしても、ビルの谷間に立つ私のレプリカはすでにどこにも見あたらない。いつもの妄想癖である。

鮮明に輝く宝石をいくつか載せて、くすんだ大地がスクリーン上をゆっくりと後退していく。ブルーメノウ状の宝石は大きくて絢爛たるものから、小さなものをいくつもちりばめたブローチ様のものまで、それらは大地の窪みに溜まった流動性のある無色透明の水の集団でありながら、それらを囲む如何なるものよりも硬質性と光沢性を誇っていた。まるで硬質の石のように装うことによって大地に呑みこまれるのを拒否しているかのように。こうやって前方から現れては後方に流れていくこれら宝石群が私を魅了して寸時として離さない。やがて一段と大きな宝石が視界の左側から姿を現した。しかし私の注意をひきつけたのは、その宝石ではなく、それの全容が現れるにしたがって、視界の左隅から微かに漏れてくる青白色の光だった。

息を呑む。舞台のかげで控えていたものが次第に現れてくる。その全容が現れたとき、私は呑んだ息をいっきに吐きだした。まさに宝石中の宝石、ヒロインの登場である。肩で大きく呼吸する。愉悦が全身に広がるのを感じる。言葉などでは表現できない美しさがそこにはあった。濃密で極まりないブルーである。その深淵ゆえか、そのブルーはその表面に銀色の光りを湛えている。あえてその美しさを文字におこすとしたら「玲瓏と輝く珠玉」とでもなるかもしれない。しかし、そんな大仰な表現は、かえって、それがもつ元来の美しさを歪めてしまうことになる。そんな表現は人間社会だけに通用する観念であって、この美しいものは私の狭小な観念などには蹂躙されはしないと。この美しいものは、私の眼下に、地球の一部として存在するだけであって、人間の雑感などに頓着して存在しているわけではないと。

至福のときは短い。やがて青白光の残像も舞台の裾に消えれば、ヒロインとの別離である。その後も眼下の舞台はまだ展開しているが、ヒロインが去れば舞台は精気を失う。しかし、私はヒロインの再登場を期待して視線をあげられないでいる。

ふと、左膝を優しくたたかれた感覚に、顔をあげると、「Please fasten your seat belt,

Mrs.（シートベルトをお付けください）」……

フライト・アテンダントの笑顔がそこにあった。

前述はサン・フランシスコからシアトルまで飛行機に乗ったときに見た大地の光景である。一時間、それともおそらく、飛行機がサン・フランシスコ空港を離陸してシアトル上空に至るまでのおよそ二時間か、そのあいだ、時間が経過した感覚は無いに等しく、私を占領していた感覚は視覚だけだった。

たまたま、まれなる快晴の日だったのだろう、このあとも同じルートに二回乗ったが、同じ光景には遭遇していない。その大地を地図上で確認したところ、おそらくシエラネバダ山脈と海岸山脈の一部、そしてカスケード山脈であろう。しかし上空から見るのであるから山脈の稜線は消える。だから実際には山脈を見たというよりも、湖沼の数々を見たといったほうがあたっている。地図上でそれらの形を確認しながら見ているわけではないから、次から次へと視界のなかに現れては消える湖沼の容姿をそれぞれ憶えているわけではない。が、一つだけ私の脳裏から離れない湖があった。完全無欠な円形を保ち、これもまた完全無欠に平滑な表面を見せていた湖クレーター・レイク（Crater Lake）である。まるで地球上に取りつけられた手鏡であった。

私は勝手にその湖を「鏡湖《きょうこ》」と名づけ、彼女の美を形容する言葉を辞書のなかに探した。エレガント、清楚、淡麗、優雅、妖美……等々あったが、どれもこれも私が彼女から受けた感動を表現するにはほど遠い。

なぜだろうか？　彼女は人間が関与できない地球そのものだからだと気がついた。人間が踏みこめない永劫未知なる世界の住人だからである。しかも太陽光という宇宙スペースも関与している。したがって、そのとき私が上空から見た彼女の美しさは言語が持つ能力を越えて存在していたということになる。

以上に述べた鏡湖との出会いはまったくの奇遇である。二度と会うことはあるまいと思っていた。ところが、再会したのである。しかも、彼女の横に私自身が立つという再会である。

それは、ミリーに誘われて、カリフォルニア州北部への九泊一〇日の旅をしたとき、その途上においてである。

「This is Millie. I decided to go to California to a friend of mine. She is dying. Want to go with me?（ミリーだけれど、死期が迫っている友人に会いにカリフォルニアに行くことにした。一緒に行きたいか？）」

このような電話がミリーからあったのは一九九七年の暮れ、秋の学期がもうそろそろ終わるころ、したがって学期末テストのための勉強で、私が一番忙しいときであった。学期が終わった後にということで、即座に「I will.（行く）」と答えたことはもちろんである。

うろ憶えのこの旅の簡単な道程は、マウント・バーノンからワシントン州を南下し、オレゴン州を経由してカリフォルニア州に入り、死に瀕しているミリーの友人に会い、帰路としてはオレゴン・コースト（Oregon Coast）の一〇一号線を北上して帰ってきた、というものである。カリフォルニア州に入ったといっても、この州は南北に長く、シャスタ・ダム（Shasta Dam）とレッド・ウッド国立公園（Redwood National Park）に寄ったことは憶えているが、カリフォルニア州のどこまで南下したのかは憶えていない。くわえてミリーの友人の家がどこにあったのかも憶えていない。

ミリーの車で行くときは彼女がいつも運転した。よって、どの道を行くかという選択権は彼女にある。そのころはまだナビのような便利なものはなかった。というよりも、彼女には、道筋や速度などの指示をだす同乗者あるいは装置は必要なかったと言える。だから、私は助手席でぼんやりと窓外の景色を眺めているだけでよかった。助手席にいるとついつい眠気が襲ってきたが、その眠気を無理に抑える必要もなかった。

ときおり、地図を見てくれと起こされ、的外れな返答をしたときもあったが、ナビゲーターの役を果たしていないとなじられたことはない。言わば彼女との旅行中の私は彼女に頼りきりで、アメリカ大陸を旅行しているという緊張感がない。緊張のたがは外れっぱなし、今どこをどう走っているなんてことに頓着しなくてすんだ。

とはいえ、旅には予想外の出来事はついてまわる。こういう私にもナビゲーターの役がまったく回ってこなかったというわけではなく、ときにはナビゲーターとしての責任を追及される場面にもでくわしたのである。

「Pay more attention!（もっと注意をはらえ！）」と、苛立たしげなミリーの声。

「I'm doing.（はらっているわよ！）」と、反発する私の声。

とは、すでに日が暮れたある晩、同じ道を何回も行ったり来たりと、本道に出るために右往左往していたときの二人の会話である。

そして、あるときは、「No! No! This is Exit, not Entrance!（違う！　違う！　ここは出

口よ、入り口ではない）」と、慌てふためいた甲高い私の声。

「Oh Boy!（なんてことだ！）」と、これもまた仰天したミリーの声。

人口が密集する地域からいったん遠ざかれば、だだっ広い何もないところをハイウェイ（高速道路）は走る。ハイウェイさえそうだから、支線の道路はなおさらである。頼るは道路脇に立つ看板だけだから、それが小さければ見落とす場合もあるし、見落とさなかったとしても、その看板の設置場所によっては運転手の思い違いをひきおこす場合もある。ミリーがハイウェイの入口ではなく出口に入ろうとしたときは、そんな状況であった。ミリーを頼りきって看板などに頓着していなかった私がどうしてそこが出口だと知ったかって？　たまたま「Exit（出口）」と書かれていた小さな標識に気づいたからである。この「たまたま」のおかげで、幸運にも私たちはハイウェイを逆走しないですんだのであった。

こんな具合の私のナビゲーターぶりではあったが、そんなに頻繁に私に仕事がまわってきたわけではない。正直に言えば、このときの「たまたま」がナビゲーターとしての私の最大の仕事ぶりであって、これ以上の実績をあげたことはない。

このカリフォルニア行きの旅は遠い過去のできごとゆえ、時系列にのっとって思い出すことはできないが、とにかく私たちはオレゴン州の九七号線を南下していた。助手席にいる私には、車が目指している方向は分かるが、オレゴン州のどのあたりを走っているのかなんていう位置感覚は一切ない。さきほどレストランに寄って昼食（チーズが入った揚げ物、空腹だったせいか、うまかった）を食べたばかりで満腹である。それがたたり、眠気を払いきれずうとうとしていた。停車の軽いショックで、下がりつつあった上の瞼があがった。入ってきた光線が網膜に投影したのはナショナル・パーク（国立公園）の存在を示す看板であった。

「You want to go?（行きたいか）」と、ミリーが私を見た。

質問の意味がのみこめない。意識はまだ半分ほど夢の世界にいるらしい。

「where?（どこへ）」と、私。チーズ味がまだ口のなかに残っている。

「クレーター・レイク」と、ミリー、道路の端に立つ看板を顎で指す。

彼女の顎が指す方向にナショナル・パークの看板があることはつい先ほど見ているから知っていた。ナショナル・パークを知らせる看板のデザインは合衆国どこでも同じだからである。しかし、当時の私が英字を一瞬にして読めるかどうかは別の問題であった。あらためてその英字の綴りを頭のなかで追う。

C・R・A・T・E・R……えっ、クレーター？　クレーターって、火山の噴火口のことよね、そしたら、もしかして、ひょっとして、あの鏡湖のことかも、と意識が徐々に戻る。ああいう深い光沢を発することができるのはカルデラ湖しかない。だから……つまり……クレーター・レイクは鏡湖のことにきまっている。こう結論づけたところで、私の眠気は完全にふっとび、「Yes! Yes, I want to go!（行きたい！）」と答えていた。

オッケーと、ミリーは車を発進させ、公園への道をとるためにハンドルを右にきる。鏡湖に再会できるんだ！　鏡湖の横に立てるんだ！　と私の期待は膨らむ。

ところが曲がったとたん、私の期待はつんのめった。また車が急停車したのである。見ると、道路はチェーンでふさがれ、看板は積雪による閉鎖を知らせていた。

「Do you really want to go?（ほんとうに行きたいか？）」

再びミリーが訊く。行きたいけれど道路が閉鎖なら行けるわけがない。どうしてそんな分かりきっていることを訊いてくるのだろうかと訝るが、とりあえず答える。

「I want to go.　But it's impossible, isn't it?（行きたいけれど、不可能なのでしょう？）」

「There is the other road to reach, but I wonder if it opens or not.（他の道路があることはあるけれど、開いているかどうかは分からない）」と、ミリー、地図を見ながら言う。

「Anyway, let's go. We'll see it.（とにかく行ってみよう。行けば分かるさ）」と、私に地図を手渡し、車をUターンさせた。

渡された地図を見て、彼女の言葉を納得する。地図上にクレーター・レイクの位置はすぐ分かる。まんまるい湖を探せばいい。なるほど、クレーター・レイクに至る道は二通りある。私たちが断念した九七号線から一三八号線をとり湖の北側に行く道程と、同じ九七号線を四〇マイルほど南下したのち六二号線をとって湖の南側に近づく道程である。この南側の道路が通行可能なのか、その時点では分からなかったが、どうせ九七号線を南下しなければならないのだから、「Let's go.（行こう）」というわけである。

それから約一時間後、六二号線は閉鎖されていなかった。

しかし、進むにつれて標高はだんだん高くなる。そのとき雪は降っていなかったが、道路脇に押しのけられて硬く積まれた雪の壁はだんだん高くなっていく。その雪の壁に侵略されて道路幅は次第に狭くなっていく。やがて、その狭くなった道路上にうっすらと雪は残り、まるで雪のトンネルのなかを走っているようだった。タイヤはわだちの跡をたどって前進するが、そのわだちの跡さえも凍りだす。車はときに滑りながらさらにゆっくり走った。対向車も後続車もないことが幸いだった。

必然的に二人の口数は少なくなる。ハンドルを握るミリーの緊張が伝わってくる。行きたいと言ったことが悔やまれた。

「I am sorry I gave you a big trouble.（とんだ迷惑をかけてしまって、ごめん）」

「This case is not so bad. Do you remember the thing when we got Reno?（この状態はそんなに悪くはないよ。リーノ（Reno）に行ったときのことを憶えているかい？」

「I cannot forget that. We were very very lucky at that moment.（忘れるわけがない。あのときはまったく運がよかった）」

ミリーが言ったリーノに行ったときのこととは……最終話の「夢もどき」に記載……ミリーの運転で雪の山岳地帯を走っていたとき、生死の境界線が私たちの目の前にその姿を現したが、私たちの命はミクロ単位の差で、こちら側にとどまったという出来事である。それにしても、二人のあいだで、リーノの出来事に関して、その時も、それ以後も一言さえも話に出なかったことから、その時、ミリーは運転に集中していて気が付かずにいたのだろうと、私は思い込んでいた。しかし彼女は知っていた。知っていて一言も言わなかった。私同様、ミリーにとっても話題にするほどのことではなかったということだろう。旅に出れば、危険なことや、思いがけないことに遭遇しないわけではないことぐらい知っている。特に私にとっては承知しての旅である。〈その時〉はそのときというのが私の考え方である。回避できた危険はすでに〈その時〉ではない。

そんなこんなの道中を経て、ようやくクレーター・レイクの湖岸駐車場に到着した。ミリーはいつものように車中で待ち、私だけが外に出た。あたりは積もった雪で真っ白。季節が季節なので、ひとっ子一人いない。凍っている足もとに気をつけながら歩き、湖面を見下ろせる場所に立った。どんよりとした空と灰色一色の鏡湖を見下ろす。西の隅にウィザード島（Wizard Island）という名前の小さな島を控えさせていた。ウィザードとは天才という意味があるが、男の魔法使いという意味もある。そこで納得がいった。鏡湖の美しさは魔法使いの機嫌次第、そのときの鏡湖は呪いをかけられていたのであろう。いや、呪いをかけられていたのは、あのブルーに輝いていた鏡湖のほうだったのかもしれない。いや、あの鏡湖も、この鏡湖も、どちらも主体である。私の視覚を通して見るかぎり。ということは、「もどき」「だまし」のほうが、実は実体ということか。

風になる

……今、私は……風をきって水上を滑走している。

もちろん、私の両足が水澄ましのようにすいすい水上を走っているわけではない。もとより、水上スキーを楽しむ芸当をもちあわせているわけでもない。

私を乗せたエアーボートが水上を走っているのである。このボートはエンジンと乗客用の長椅子をいくつか搭載した筏式の体裁であるから、水飛沫をあげて後方に流れる水が足元に直に見える。だからか自分が水上を直接滑走しているような感覚を味わう。ただし、エンジン音はすさまじく、私の両耳の鼓膜を容赦なく叩いてくる。

ここはフロリダ半島最南端、世界遺産にも指定されているエバーグレーズ（Everglades）国立公園。エアーボートを運転しているのは、私の後方、一段高くなっているボートの後端に腰掛けて舵を握る四四～四五歳の男性である。ネイティブ・アメリカン（白人が移住してくる前から北アメリカ大陸に住む人々）で、肌は浅黒く、顔は大きくごつい。首は、その顔をずんぐりした大きな胴体に直接のせているかのように、見えない。その大きな胴体を洗いざらしの白いTシャツとこれもまた洗いざらしのジーンズに包んではいるものの、大きなお腹をピッチピチのジーンズに無理やり押しこんでいるものだから、大きな腹はますます前にせり出し、胴体の実体はその腹だけのように見える。布袋腹とその上に乗る仁王顔はどう見ても似あわないと、私の密かな笑いをよぶ。

風の行方を追って首をまわしたさい、そんな彼と目があった。その目が笑った。とたんに仁王顔が布袋顔に変わる。布袋腹に布袋顔、そんな彼に私の全顔がゆるむ。その布袋顔が何か言った。後ろに流れる風とエンジン音にもっていかれたこともあるが、英語だから私の耳まで意味のある言葉として届かない。

「What did he say？（彼はなんて言ったの？）」と隣に座っているミリーに訊く。

「Where are you from？（どこから来たんだ？）」と、ミリー。

「Japan.」と、後ろを振り向き、声をふりしぼる。

彼に私の声が聞こえたのか、聴こえなかったのか、彼の口がパクパクと動く。返事として何か言っているようだが、またしても私には聞こえない。布袋様の声は風によって後方にもっていかれてしまっている。

「I am sorry. I can't hear you.（ごめん、聞こえない）」と、また声をふりしぼる。

乗客はミリーと私だけ。エアーボートの一番前の座席に腰かけている。

両岸を丈の高い水草群に挟まれた水路を、エアーボートは轟音をたてながらゆっくり進む。

ふと、疑問符が私の脳裏にうかぶ。

『ミリーに誘われてこのボートに乗ったけれど、ここは一体全体どういう所なの?』

次の刹那、ボートは水草に妨げられた水路を抜け、突然に広大な視界が開ける。たちまちにして、そんな疑問符は風にふきとばされた。今の私にとって、そんなことはどうでもいい、たとえ、ここが天国でも、地獄でも、と。

頭上には、薄い層雲がレースベールのように覆ったセルリアンブルーの世界が広がり、眼下には大海原の世界が広がっている。しかし大海原といっても海ではない。豊かな水を湛えた大湿地である。豊かに茂る水草群が透明な水のなかで揺れているのが見える。前方には天と地を分ける地平線なのか、水平線なのか、そんなものがあるはずだが、そんな無粋なものは見えない。東西南北、私の視線が届くかぎりのところで、天と水(大湿地)は溶けあっている。そんな半球体の世界が私を中心にして悠久に存在しているかのような、そんな錯覚に酔う。

呼吸ができないほどに風が私の顔面を叩いてくる。時折冷たいものが顔にあたる。雨かなと思う。しかし上からきているのか、下から舞いあがってきたものか、区別がつかない。

雲が猛スピードで後方に流れ去る天空模様に反して、水のなかの水草たちは、ボートが起こす波を受けてスローモーション再生されたように悠々と揺れている。

エンジン音とボートが風を切る音、そして水を叩く音、それらの音がおのおのに私の鼓膜に一刻でも早く到達し、バチを振りおろそうと競いあう。私の鼓膜は叩かれっぱなしだが、それも悪くない。意味をもたない音が私の聴覚機能を占領し、私は意味をもつ言語世界から遮断される。ふと空を駆けているような気分になる。上を支配する空間を天空と呼ぶなら、私は下を支配する空間をも天空と呼ぼう。蒼茫すぎるゆえに、上も下も今の私にとっては同じ空間以外のなにものでもない。

ただ……、ただ……、言葉が支配できないそんな空間を私は浮遊する。宇宙に属する空間の存在を……すくなくとも今のこの時点……私は感じる。この宇宙空間のなか、解放された己の存在を感じる。その刹那、いつ死んでもいいと思う。

「I am very happy.（とってもしあわせ）」

我が内からの無意識な発語であるこの言葉が空気の振動を実際にひきおこしたのかは意識にない。ミリーが何か言ったようだが、聞きとれない。

ここがどこかなんてことはどうでもいい。

今がいつなのかなんてことはどうでもいい。

私は、今、風なのだから。

ちなみに、私が風になったのは、フロリダ州にあるミカスキ・インディアン村（Miccosukee Indian Village）の沼沢地（swampland）をエアーボートで走っていたときである。ミカスキとはネイティブ・アメリカンのミカスキ族のことである。エアーボートでしばらく行くと、広大な沼沢地のなかにぽつんと浮かぶ小さな島に着く。この小島の上に藁掛けの小さな小屋がいくつか建ち、そこでミカスキ族の文化や工芸品を展示したり、土産物を売ったりしていた。まあ、この小島全体が博物館のようになっているということであろう。私は見ていないが、部族の男性がアリゲーターと戦うショーもあるらしい。エアーボートの発着場所はマイアミから四一号線をおよそ三〇マイルほど西に走ったところにある。そのあたり一帯はミカスキ族の特別保留地で土地はミカスキ族に属する。

エバーグレーズのような特異な地形がどうやって形成されたのかと少しだけ調べてみた。おもな原因は氷河によるらしい。といってもこのあたりをむかし氷河が覆っていたというわけではない。地球上の氷河の形成とその溶解の繰り返しによって、このあたり一帯は海面から出たり没したりが繰り返され、永い時の経過を経て、厚さ二〜三キロメートル以上の石灰岩の層が古い岩盤の上に堆積した。浸蝕作用で削られた谷やシンクホール（水の浸食作用によって石灰岩台地にできた穴）などは、フロリダが海面から出ていたときに形成されたものであり、平坦な場所はほとんどのときを浅い海で覆われていたであろうと推測されている。エバーグレーズが形成されるにあたり、石灰岩の堆積にくわえ、他の二つの条件が要求された。水の存在と、その水を浸透性のある石灰岩にすみやかに逃さないための遮蔽物の存在である。これら二つともここにはあった。年間一五二センチメートルほどの豊富な降水量と、水を少しずつしか石灰岩に染みこませない泥炭土である。

　さて、理屈では分かったような気がしないでもないが、地球の創造力はちっぽけな私の想像力をはるかに超えている、理解なんてものにはほど遠い。しかも計り知れない永い時の経過が介在している。

イルカの目礼

隣のベッドがきしむ音で目が覚めた。身体をベッドから起こしたミリーが、ベッドの上に置いた両手で重たい身体を支えながら立ちあがろうとしている音である。もう一〇日もいっしょに旅をしていれば、見なくても分かる。

「Oh, shit!（この、くそ!）」と彼女の呟きが聞こえてくる。言葉は悪いが、彼女にとっては、日本語の「どっこいしょ」と同じであろう。この掛け声を助けにようやく自分の身体を持ちあげた彼女はベッドからバスルームへと歩く。この様子も手にとるように分かる。人工股関節をかばうように両手で空気を掻くように動かし、その反動で身体を前に押し出すから、足を一歩前に出すごとに、身体が右に左に傾く。

ここはキーウエスト（Key West）への途上、シュガーローフ・ロッジ（Sugarloaf Lodge）である。

バスルームのドアが閉まる音を待って、腕を伸ばし、枕もとに置いた腕時計を見る。六時になろうとしている。室内はまだ暗いが、窓にかかるカーテンの隙間から入る一条の白い線から外の明るさが知れる。窓の向こうはすぐ海であることは、昨夜この部屋に入ったとき確認済みである。窓の横にドアがあり、海にすぐ出られるようになっていることも。

そのドアが私に「おいで」と誘う。

バスルームからシャワーの音が漏れてくる。ミリーは朝シャワーを浴びるが、私はベッドに入る前に浴びる。

ベッドから出て、そのままドアの誘惑にのった。ドアを開ける。灰色の海が両手を広げて私を迎えた。海の上には、いかにも重そうな早朝の空がのっていた。

一見して、五、六歩も歩けば水際である。しかし、その水際まで、人工的に置かれているのか、海から打ちあげられたものなのか、足の裏には手ごわそうな石がごろごろとしきつめられている。足をとられないように注意深く足をはこぶが、痛い。素足には苛酷である。ようやくという感じで水際に着く。手頃な石の上に腰をおろし、頬杖をつく。そこはカーブを描いた小さな入り江の中央にあたる特等席である。静かだった。足もとに打ち寄せるごくごく小さなさざ波を見るが、その振動は私の耳に届かない。

視線をあげると、左前方に、入り江にそって歩いていけそうな岬があり、そのあたりで水しぶきを見る。私のところからは遠いから、その水しぶきは小さく見えるが、あきらかに魚がおこしているものではないことぐらい分かる。何だろうか?

前面に目をこらし、再び水しぶきが上がるのを待つ……。

そんなに待つことなしに、さきほどより少し手前で、また水しぶきが上がる。しかも同

時に二つの水しぶきである。どうやらイルカらしい。

さらに近いところで、また、上がる。今回ははっきり分かる。イルカたちである。しばらく海中に隠れたのち、忽然と、予想もつかない場所で、みごとな空中回転を披露する。水しぶきの上がり具合から、単体でないことは分かる。

早朝の海に遊んでいるのか、それとも、日の出の到来を祝う彼ら独自の儀式なのか、いずれにしても、彼らの歓喜の声が聞こえてきそうなジャンプである。

まるで、この入り江がフィギュアスケートのリンク上であるかのように、彼らはトリプルジャンプを華麗にきめる。ここは水族館ではない、彼らの海である。ジャンプは彼らの意思による能動的行動であり、日常的活動の一部である。人間に見せるために訓練された演技ではない。

私はさざ波のなかにそっと右の足先を滑りこませた。そこはもう彼らの領域である。

ふと、思う。人間は彼らをイルカと認知するが、彼らはどうだろうか？　人間を何と認知しているのだろうか？　二つに深く割かれた尾びれの先で歩く乾いた肌をもつ奇態な生きもの、としてかもしれない。少なくとも人間としては見ていないであろう。人間を人間として認知するのは、人間という言葉を持つ人間だけである。彼らを勝手にイルカという言葉で便宜上認知しているのは人間である。そして、人間はイルカという言葉だけで彼らのすべてを理解した気になり錯覚的優勢を誇る。

しかし、彼らにとって彼らは彼ら自身である。人間が名づけたイルカではない。かつ、私も彼らにとっては人間ではない。今ここで、片足で彼らの領域を侵犯し、いつまでも立ち去ろうとしない得体の知れない生きものにすぎない。

しかし、この得体の知れない生きものは、少なくとも君たちを礼賛している。そんなに遠くにいないで、もっと近づいてきてほしい。水しぶきを数回見ただけで、君たちに会った気になるのはいかにもさびしい。なんとか君たちと交信したい。

口笛を吹く。といっても、私の口から出てきたものが口笛と呼べるかどうか、それらしき音は単発的に出てくるが、空気が漏れて出る無声摩擦音のほうが多い。朝の静寂に口笛が響き渡るなんていうのとはほど遠い。

しかし、私の拙劣な口笛でも、そのあたりの静寂な空気を振動させ、その振動を海中に伝え、彼らの鼓膜を刺激し私の存在を知らしめたのかもしれない。

左手の岸ぎわ、ずいぶん近くで水しぶきが上がり……しばらくして、数メートル前方の海の中に彼らの影をかすかに見る。

私のことを「このあたりの岸辺で見たことのある、自らを人間と呼んでいる生きものの仲間には違いないが、どこから来たのか、いつも見る手合とは少し毛色が変わっている。近くによって、見る価値はあるかもしれない」と彼らが思ったかどうか……。つい目と鼻の先を、二つの黒い影がゆっくりと左から右へと動いた。びっくりした。彼らである。

ここの水ぎわは浅瀬にはなっていないことには気がついていたが、私の足もとに、彼らが泳ぐに充分な深さがあることまでは知らなかった。唐突のことで、こちらに用意ができていない。あっというまに彼らの尾びれは海の色に溶けてしまっていた。彼らの表情を読むひまもない。声をかけるチャンスもない。私にもう一度チャンスをちょうだい。できることなら泳いで君たちに会いにいきたいが、しかし私は泳げない。だから、後生だから、もう一度、会いにきてちょうだい。

私の好奇心もなみなみではないが、彼らのそれもひととおりではなかったらしく、一回チラッと見ただけでは、彼らの好奇心を充分に満たすほどには毛色の違う生きものを観察し終えていなかったということなのか、それとも私の心の願いが聞こえたのか、彼らはしばらくして戻ってきたのである。円形の入り江のすみにそって泳いでいるのだろう、彼らは私の予想どおり、前と同じように左から現れた。

水際にそって、彼らが横並びに仲良く泳いでくるのが見えた。そして次の瞬間、私の目の前、一メートルほど向こうを悠々たる態で通りすぎようとするその刹那、流線形の身体をこころもち左に傾けて右目を私に向けた。人間の目の形とさほど変わらない。ただし大きい。大きくて黒い瞳が私を見ていた。

右手をふりながら、「ハロー」と声をかける。

あっというまの出来事である。すでに彼らの痕跡はない。はるか遠くで、ときおり小さな水しぶきが上がるのが見えただけである。

「Your coffee is ready.（コーヒーが入ったよ）」

振り向くと、身支度を終えたミリーが軒下に設置された屋外用の椅子に腰かけて、紙コップに入ったコーヒーを飲んでいる。私のはテーブルの上にある。

テーブルをはさんで腰をおろし、紙コップを手にとる。彼女が持参した携帯用のコーヒーメーカーでドリップされたコーヒーがなみなみと入っている。口をつける。

「good!（おいしい）」と、私。

「goooooood!」と、ミリー、頭を縦にゆっくりふりながら語調を強めて言う。

その仕草がかわゆくて、笑いがこみあげる。くすっと笑う。同じ言葉でも使用される状況や話し手の感情によって意味合いは微妙に変わる。私は単純においしいという意味でグッドを使ったのだが、彼女のグッドはどうだったのだろうか。おいしいと言った私のグッドに対して、「それはよかったね」の意味にもとれるし、単純に「そのとおり」といった同意や「満足！　楽しい！」といった充足感の発露とも解釈できる。いずれにしても、私は楽しい、すべてあなたに同意します、という意味で笑いながら、「Yes, good!」と言う。

「Very good!」と、ミリーはほほえみ返した。おそらく、このときは「よくできました」という意味だったろうと思う。

二人して、コーヒーを飲みながら、彼らと遊んだ朝の海を見る。

「Quiet.（静かよね）」と、ミリーがぽつりと言った。

ヘミングウェイの
ゴーストと猫たち

朝のコーヒーを飲んだ後、私たちは再びハイウェイにのり、キーウエストへと向かった。

フロリダ州沖には、キー（key）と呼ばれる小島がキーウエストを先端にして緩やかな弓状をなして並んでいる。これらの島々を橋でつなげてキーウエストまで一本の道路が走っている。この道路がハイウェイ・ワン（highway-1）である。この道路をマイアミ（Miami）から一五九マイル走ればキーウエストに着く。ちなみにキューバ共和国の首都ハバナ（Havana）からは海を挟んで九〇マイルである。天気が良ければ、キーウエストからこの隣国が見える。

キーウエストには飛行場もあるから、手っとり早くマイアミから飛行機という手もあるが、自動車で前述のハイウェイを行くのも悪くはない。なにしろこのハイウェイには橋が多い。だから、極端に言えば、海の上に直接敷かれた道路を走っているようなものであり、フロントガラスからの海の眺めは壮観そのものである。

もちろん、海の色は奇麗とか美しいとかという言葉では表現しきれないほどに美しい。前述では、灰色の海と書いたが、早朝でまだ太陽があたっていないからであって、いったん海の表面が太陽に照らし出されると、その色相はがらっと変わる。ブルー系統とグリーン系統のありとあらゆる絵の具を無造作に流し込んだような模様が創りだされる。

こういう色調の違いは、太陽の光を屈折させる海面の下にひそむ棚（サンゴ礁）の深さや色に関係するのだろうかなどと考えたが、まあそんなことどうでもいいやと思わせるものがここにはある。ここは南国のパラダイス（楽園）である。

キーウエストは南国の美しい町である。ここでは、博物館になっているヘミングウェイの邸宅を、ミリーはすでに見たということで、一人で見てまわった。建築様式等の詳細は分かりようがないが、邸宅の大きさと豪華さに関しては、ナッシュヴィル（Nashville／クー・クラックス・クラン発祥の地）やサバァナ（Savannah／奴隷貿易の港町）で見てきたものとは比べようもなくこじんまりとしている。

私にとっては、かの有名なヘミングウェイの邸宅だからといって、南部の綿花成金の邸宅に関心をもたなかったように、「へー」と思うだけで、建物そのものに対してはさほどの感慨はなかった。というのは、同じ年代に活躍したアメリカ人小説家としては、私の関心と畏敬の念はヘミングウェイよりも、高校生のとき読んだ『怒りの葡萄』を書いたスタインベックのほうにあったからである。生きるための糧をもとめてオクラホマ州からカリフォルニア州まで移動する農民の過酷な生活をリアルに描きあげた『怒りの葡萄』は、若い私をひきつけるのに十分な名作であった。

ちなみに、ヘミングウェイの作品の多くは映画化されているので、若いころに「誰がために鐘は鳴る」や「武器よさらば」は見ているが、原作は一つも読んでいない。というよりも読む気にもならなかったというのが本音である。映画作品は観客を呼ぶために、程度のほどは知らないが、脚色される。二つの映画作品はともに、背景は戦争だが、男女の恋愛感情が主流となっている。恋愛は人間がもつ重要な感情の一つであるからして、恋愛ストーリーも人間描写であることに異論を挟む気はないが、恋愛感情は生死に関わりのないところで終始する感情である。失恋が原因で自殺なんてこともたまに起こりえるかもしれないが、確率からいっても、恋愛は生死にかかわらない一時的かつ発作的感情である。少なくとも私にとっては、そうである。だから恋愛小説には興味がない。

さて、邸宅のかわりに私の興味をひいたのは、この邸宅の現在の実質的居住者あるいは継承者である五〇匹以上いるという猫たちだった。ヘミングウェイは特別な敬意をもって猫たちを愛していたらしく、多いときで一六匹も飼っていたという。そして、彼の要請によって、継承者たちの生活費のすべては博物館によって支払われている。

ここの猫たちの前脚は少し変わっていることで知られている。六指症（Polydactyl）というらしいが、半数以上の猫が一つ余計な指を前脚にもっているのである。中世時代のヨーロッパでは異体な猫は魔物とみなされて殺されていたから、六指の猫はヨーロッパではほとんど存在しないが、大きな前脚ゆえにネズミを捕らえるのが上手ということから、カナダ南東海岸とアメリカ東海岸の船上では重宝されていたらしい。ヘミングウェイの館に住む六指の猫たちは、彼がある船長からもらいうけた一匹の猫の子孫たちだという。

建物を見に来たのか、猫を見に来たのか分からないくらいに、猫たちに魅了される。猫がいる光景は絵になる……これは猫好きな私の個人的心情である。猫のいる場所、場所を求めて邸内の隅をほじくるように歩いていると、二人の若い日本女性に会った。頼まれたのか、自ら申し出たのか、そのへんのことは憶えていないが、二人の写真をとったことだけは憶えている。

カメラを構える。ファインダーを覗く。

「はい、チーズ」

カシャ……とシャッターの音。

ふと、二人の後ろを黒い影が右から左へとかすめた。

えっ、いまのは何？　目の錯覚？

それとも、かの有名なヘミングウェイのゴースト（Ghost／幽霊）？

目をファインダーから離す。チャーミングな二つの顔が笑っていた。手振れが発生していないかぎり、フィルムには二人の女性の美しい笑顔が映っているはずであるが……。

しかし、あの黒い影は？

ああ、そういうことかも！

まだ、デジカメやスマホが普及していないフィルムの時代であった。

「環世界」変転の予感

テキサス州ダラスの教科書倉庫ビル六階の左端窓際に立ち、私はケネディ大統領が暗殺されたという通りを見下ろしていた。見下ろしながら不思議な感覚にとらわれていた。

ケネディ大統領暗殺の衝撃映像を見たのは高校一年生の秋、正確には一九六三年の一一月二三日、所属していた生物部部活の一環で、天城山の八丁池まで登ることになっていた日の朝だから、よく憶えている。日米間衛星中継を通して、日本のテレビに初めて届いたのがその映像であった。部員たちとの待ち合わせ場所は三島駅。まだテレビを見ていない彼らに、「ねえ、ねえ、ケネディ大統領が……」と鬼の首でもとったように興奮気味に報告した記憶がある。しかし、ただそれだけである。三〇年という時空を超えて暗殺場面に邂逅するとは夢にも思わなかったのに、どういう変遷があって、私はそこに立つことになったのか。もちろん、ミリーにつれられてなんて答えではない。所詮は日本に帰る身である。日本に帰ったら、主婦、妻である日常にもどる。米国に数ヵ月滞在したからといって、そんなものは一粒の泡沫、私の個人的環境が劇的に変わるわけではない。

しかし、私の個人的環境は私に意識させないで変わってきていたのかもしれない。私は単なる観光客にすぎなかったが、ケネディ大統領の死に二度も立ち会った奇跡のようなものに、変遷の予兆のようなものを感じていたのかもしれない。

展示場には大統領が撃たれたときの写真が説明文とともにいくつも展示されていたが、真相が結論付けられているわけではなかった。倉庫ビルの六階からオズワルドが大統領の背後から撃ったとされる三発の銃弾。大統領が頭を後ろにのけぞらせ、硝煙がたっている写真から、うかがえられる前方から来たとされる四発目の銃弾。大統領の脳を撃ち飛ばした致命的な銃弾はどこから来たのか。犯人だとされるオズワルドという名前は有名だが、そのオズワルドも二〜三日後に射殺されている。

証拠はすべて消され、関係者はすでにもうこの世にはいない。こうやって真実は闇のなかに葬られる。これが世の常である。その闇を明るく照らし出したところで、如何にも遅い。いまさら何も変わらない。だから、どうでもいいとは思わないが、どうでもいいことになる。

しかし、ケネディ大統領が生きていたら、今の世界は日本も含めて、少しはましな姿になっていたかもしれないという淡い期待は残る。ケネディ大統領に特別な思い込みはないが、人間の格だけで評価すれば、邪魔者を抹殺する人間よりも抹殺される人間のほうがよっぽど上位にある。

人間一人の力で世界は変えられないが、そうだと断言することもできない。世界は世界を動かすことができる権力を持つ人間次第であることも事実だからである。その人間が善であるときと、悪であるときとでは、下層の人間たちの生きる環境には雲泥の差が生じる。たとえば、ケネディ大統領があのとき暗殺されていなかったら、ＦＲＢ（連邦準備制度）に操られつづけるような世界にはなっていなかったかもしれない。あるいは世界のどこかで常に武力紛争があるような、武器商人に操られつづけるような世界にはなっていなかったかもしれないという郷愁である。

しかし、そんな郷愁に浸っていたところで、着々と終末に向かっている世界の動きは止まらない。たとえば、核の脅威もあるが、地球規模では異常気象等の地球温暖化がある。「地球に優しく」などという人間目線の言葉があふれているが、そんな思いあがった人間の思惑なんかに、地球自体は関知しない。地球にとって人類なんてアリンコと同じである。そのアリンコが地球から消えようと、消えまいと、知ったこっちゃない。仮に、ケネディ大統領を暗殺したのち、世界を掌握し、世界の命と富は己のものと、下層のアリンコたちを上層から眺めているやからたちがいるとしても、そのやからたちも地球にとっては単なるアリンコである。金と武器を差し出したところで地球には通じない。

地球が賄賂を受け取ってくれなければ、SFでは宇宙へと逃げる手もあるが、さて、どうなることやら。超能力者が登場して、時間をもどし重要人物の死を未然に防ぎ、世界の平和を取り戻すなんていう映画の筋立てどおりにはいかない。ハッピーエンドが好きなアリンコの想像力は現実には機能しない。まあ、宇宙覇権争いが過熱している昨今であるから、金さえあれば未知の宇宙に逃げるという手はあろうが、その宇宙が地球のように生物に優しいかどうかは未知である。

ことの真相は、振りかえってはじめて見えることがある。世界を揺るがすような大きな出来事から、一個人の些細な出来事まで、人間が行った何かは、どんなに長い時間を経ようとも、その間にどんなに紆余曲折しようとも、常に一つの結果へとつながるのではなかろうか。もっと辛辣な言葉を使えば、世界でおきていた／いることは、あれもこれも、すべて仕組まれていた／いるとする考え方である。誰あるいは何にって？　分かる場合もあるが、分からない場合もある。分からなければ、その企みは継続中ということになる。

さて、教科書倉庫ビルの窓際に立ったとき覚えた不思議な感覚が何であるのか、長いあいだ解けずにいたが、もしかしたら、そういうことかもしれないという程度で解けたのは、フォン・ユクスキュルが唱える「環世界（ある種類の動物が敏感に感じ取る環境の特徴の集合と定義される）」の概念を知ったときである。

ユクスキュルによれば、普遍的な時間や空間であっても、動物主体にとってはそれぞれ独自の時間や空間として知覚されている、つまり、それぞれの動物はそれぞれの実効環境に生息しているのであり、それ以外の環境は存在していないのに等しい、ということらしい。では、人間の知覚の場合はどうかという疑問だが、人間もまた、動物であるゆえに、それぞれに必要と興味とに応じてねじ曲げられた狭い環世界に生きていることになるらしい。

「環世界」の概念にしたがって、あの不思議な感覚を思いおこせば、あのとき、時間と空間がねじれにねじれて、私の既存環境を消し、新しい「環世界」への転換が密かに図られていたということかもしれない。これがあの窓際における私の不思議感覚だったのではなかろうか。もちろん記憶喪失ではないから、すべての記憶がなくなるわけではない。私が生きてゆくに必要な実効環境つまり「環世界」が変わる分岐点に私は立っていたということかもしれない。

「環世界」の変転、そう考えれば、自分の意識から結婚生活や子育ての期間がすぽっと抜けていても不思議ではないということに気づく。もちろん自分の子どもたちとの生活を否定したいわけでも、その時代を無かったものとして抹消したいわけでもない。ただ、ただ、抜けているのである。けして軽々しい二十数年だったというわけではない。むしろ、人生で最も潤沢でない経済生活のなか真剣に日々を生きぬいた時代である。生きていかなければならない、育て生かしていかなければと、毎日が真剣勝負だった。そのぶんしんどかったが濃密だったとも言える。しかし、たとえ濃密であっても、私の一時的な「環世界」にすぎなかったということだろう。

「環世界」の分岐時にその分岐通知のような何かしらを受動する。それが、あのときの不思議な感覚だったのかもしれない。

時は偶然と偶然との単なる重なりあいで流れていっているように見えるが、意思をもつ人間が生きる過程ゆえに、事故や天災を例外として、百パーセントの偶然なんてありえなく、どこかで必然がかみあっているようにも思う。暗殺場所へ私を導いたものは、米国留学を実行した自分の作為であり、今回の旅を提供してくれたミリーとの邂逅は、この作為あっての邂逅であるゆえに必然に近い。最初の作為（起点）が次の作為を導き、そして終点にいたったとなると、これはもう必然である。こう考えると、人生の出来事の多くは必然であり、偶然であるほうが稀なのかもしれないとも思える。

教科書倉庫ビルを後にしたミリーと私はダラス空港で別れ、彼女は自動車で故郷のインディアナ州へ帰り、私は帰国準備のために一旦ワシントン州のアパートにもどり、帰国準備を整えたのち、成田行きの機上の人になった。そのときは、再び米国の地を踏むことになるとは想像さえしてなかった。誰にも未来は見えない。

しかし、未来はときに意思が宿る必然であることも否定できない。

凍死寸前のキャンプ

前章からここに至るまで流れた実際時間としては五、六年である。出来事の流れは、いったん日本に帰った後、意思どおり離婚を果たし、再度渡米し、マウント・バーノンのコミュニティカレッジに入学し、二年後にそこを卒業し、その後BYU（ブリガム・ヤング・ユニバーシティ）ユタ州校三期生として入学し、約二年後に卒業する。大学卒業後、一年の滞在延長許可をもらって、一〇ヵ月ほど米国に滞在する。若い友人と一〇日ほどのドライブ旅行をしようと、キャンプ道具を積んで出かけたのが帰国数ヵ月前。まだ五十歳代半ばといえどキャンプ旅行は結構身体にこたえた。そのためか、この旅行に関する記憶だが、若い相棒としっくりいかなかったということもあって、忘れるに限ると、二つの光景以外はあまり憶えていない。かといって、彼女には感謝している。中年女一人での米国大陸キャンプ旅行は実現しえなかった。貴重な体験だった。

五月の末だから、季節は春。しかし、ようやくたどり着いたカリフォルニア州セコイア国立公園（Sequoia National Park）のキャンプ場はまっ白。雪が厚く積もっていた。二人とも雪など想定していなかった。二千メートルという標高をすっかり忘れていたのである。

あたりはまだ明るいが、日が落ちるのは時間の問題である。この日の走行距離はおよそ六〇〇キロメートル。疲れた。運転していた若い彼女はなおさらだろう。

山小屋風ホテル（ロッジ）はあった。外からダイニンググルームの様子が見える。暖色照明がダイニング・テーブルと客たちの顔を照らしている。いかにもぬくそうである。

そんな窓のなかを横目で見ながら、建物をまわり、フロント・ドアを開け、中に入る。正面の受付カウンターの向こうに若いクラークが立っていた。長身のハンサムである。

宿泊費は一人一泊一四〇ドル、とクラーク。

若い彼女は私の顔をちらっと見るが、私の意向は待たずに、「キャンプ代は？」と訊く。

「Free.（無料）」

「Oh, That's great!（すばらしい！）」と、彼女、即決。

ちょ、ちょっと、待ってちょうだい。たしかに私の懐にも一泊一四〇ドルは痛いわよ。でもねえ、この雪のなかで凍ることを思えば……。

これは私の内心の声。

私の気持ちを知ってか、知らずか、私が何か言おうとしたときは、彼女はすでに身をひるがえしてフロント・ドアのノブに手をかけていた。

そんな彼女とクラークのあいだで一瞬立ちつくす私に、彼は「お気の毒に」とも、「お気をつけて」ともとれる奇妙な笑顔を送ってきた。

仕方がないと、覚悟をきめて外にでる。暗くなりかけた外からはダイニングの様子がさらに明るく、暖かそうに見えた。談笑している笑顔を羨望の横目で眺めながら、駐車場へと急ぐ彼女の後を追う。

キャンプ・サイトを、車で、あっちだ、こっちだと、テントを張れる適当な場所を探すが、どこもかしこも雪が厚く積もっている。当然ながら、野営している人なんて誰一人としていない。山の夜は日が沈めばたちまちに真っ暗闇である。日は容赦なく落ちていく。

「早いこと、場所を決めて、テントを張り、火を焚かなけりゃ、やばいことになる。どうするのよ」とは内心の声。なにせ、キャンプ経験がある彼女と違い、こちとらはそんな経験一切ない老いぼれである。しかも、いつからか、彼女、機嫌が悪い。何が彼女の機嫌をそこねたのか覚えがないまま、互いの口数は少なくなっている。気があった者同士の旅でも長いあいだ四六時中一緒にいれば、気に入らぬ面も見えてくるのも仕方がない。キャンプ経験がないから、何もかも彼女にお任せなのに、老婆心と口だけは達者なことが、彼女の癇にさわってしまうという図式なのだろう。

雪はすでに止んでいるが、テントを張る場所の積雪は五～六センチはあっただろうか、雪など想定していない旅だから、雪掻き道具など持ちあわせていない。靴で少しだけ雪を払いのけてみるが、結果はたいして変わらない。仕方がないと雪の上にテントを張りだす彼女の手伝いをする。

なんとかテントを張り終えて、彼女が薪を焚く。焚火にあたりながら湯を沸かす。こんなときの炎ほどありがたいものはない。芯から冷えていた身体を温めてくれる。そのときのメインはパンだったのか、カップヌードルだったのか、はっきりとは憶えてはいないが、人間、究極のときは、なんでもいい。とにかく腹が満ちさえすれば。

腹が満ちれば、真っ暗な森のなか、あとすることは寝袋に入って眠るだけである。しかし、眠れない。寒さが半端ではない。寝袋の下には発泡スチロールの下敷きを敷いているとはいえ、身体の芯までシンシンと冷える。

いやジンジンと凍ってくる。

極寒のなか寝袋のなかで身体を丸める。寝袋はディスカウントストアで求めた安物である。身体を丸めたって凍ることには変わりはないが、少しでも動いたら、さらに凍りそうで動けない。

とにかく身体を丸めて動かない。少しでも体温を保持するために、というよりも動けないといったほうが正しい。意識ははっきりしていたから、まさか凍死するとは思わなかったが、眠ったら死ぬかもしれないとは頭のすみにあった。横で寝ていた彼女がテントから出ていく気配がしたが、起き上がって、どうしたのかと問いかける気力もおきず、ミノムシのように、ひたすら寝袋のなかで身体を丸め、夜が明けるのを待った。

ようやく眠りにつけたのは、日が昇り始め、テントが暖かい日差しを受けてからである。その温もりが寝袋を通して、凍結寸前の私の身体を徐々に溶かし、心地よい眠りへと誘ってくれた。それに、ヴィジターセンター（visitor center）が開かない前に起きてもしかたがない。

私がテントから這い出たときは九時になっていただろうか、すでに太陽は高く昇りきっていた。彼女はテントから出てからは薪をたいて暖をとったり、自動車のなかで眠ったりしていたらしい。テントから這い出た私の眠気顔を見るなり、横にクマが通った足跡が林のなかからロッジのほうまで続いていると、興奮気味に言う。彼女について見に行く。

足跡からクマかもしれないが、それがどうした、もともと、ここは彼らの居住地なのだから歩きまわって当然、雪上の足跡ぐらいで驚くことではない、とは内心の声。そのかわり、「よかったねえ、襲われないで。それにしても寒かったねえ。火を焚いて朝ごはんにしよう、朝ごはん、何にする?」と言う。と言っても、カップヌードルぐらいしかなかったが。

凍死にしてもクマの襲撃にしても、何もなくてよかった。私の全思念はそこにあった。何かあったら、親ほども年上である私の責任である。雪上テントは、とくに彼女のご両親に対しては言い訳のできる選択ではない。とにかく、何ごともなくてよかったとつくづく思った。

それから、私たちは、樹齢二二〇〇年といわれている世界で一番大きいセコイアの木「シャーマン将軍(Sherman Tree)」に会いに行った。もともと「シャーマン将軍」と会うことが、その旅の目的の大きな一つである。

彼の前に立つ
でっかい、とにかくでっかい
深淵かつ永遠なる時間の滞留のなか

彼が吐きだした永遠なるものを
両手を大きく伸ばして吸う
生命のみなもとのおすそ分けである
二〇世紀ものあいだ、自己主張せず、静かに生きている
でっかい存在のあしもと
いかにもちっぽけな自分がいる
……よく会いに来てくれたね……
そよぎに混じって聞こえたような
思わず上を仰ぐ
見えないはずの優しい眼差しと目があったような
彼らの仲間と認められたような一瞬
この感覚を覚えた一瞬が至福のとき

コットンウッドの樹陰

ここはアリゾナ州のキャニオン・デ・シェリー国立遺跡（Canyon De Chelly National Monument）のなかにあるコットンウッド・キャンプグラウンドである。昨夜はここにテントを張ってすごした。テントのそばにキャンプ用椅子を設え、今、私はくつろいでいる。ここは入園料もキャンプ代も請求されない。

昨日は三〇〇メートルもの切りたった断崖絶壁の下を、ナバホ族（北米インディアン南部の一主要部族）の馬に乗って西部の荒野の主人公よろしく、砂漠のような大自然を格好よく闊歩した、いや、するつもりでいたのが、どっこい、二〜三時間ものあいだ止まなかったその闊歩は、中年女性にとっては、想像以上に苦行だと思い知らされたのであった。

馬も人を見る。初心者であることを完全に見透かし、虚仮《こけ》にしてくる。急に走り出したり、突然とまって草を食べたり、枝むちが私の顔にあたるようなところをわざわざ歩いたりと、虚仮にされっぱなし。「いい子だから、静かに歩いてちょうだい」なんていう哀願口調が通じるわけがなく、その都度、「こちとら、好きで乗せてんじゃあねえ！」と、荒い鼻息で返答されっぱなしという具合である。

落ちまい、落とされまいと、必死に両ももでしがみつくので、夏ズボンだけでプロテクターなしの内ももは擦られっぱなしとなり、腫れあがりヒリヒリ痛み、ついでに容赦なく鞍に打ち付けられる臀部も痛くてしかたがない。もう、ツアーの後半は、これらの痛みとの戦いだったのである。

若くないのに、若者の誘いにのったことが悔やまれたが、しかし、ナバホ族の大きな男性が引率するツアーの参加者が私たち二人だけなのに、若い女性の相棒を一人でいかせるわけにはいかないという年寄りの老婆心があった。老婆心は若者には疎まれるが、何かあったときの責任は年上が負うのが通常の論理である。

それはそれ、昨日受けた深手は動かなければそれほど痛まず、今の気分は、少し気だるいが、悪くはない。ここには不思議な安息感がある。目を閉じる。心地よい眠気が全身を包みこもうとしてくるが、頭のすみは覚醒している。

その片すみに見える二つの影が先ほどから気になっている。枝の高みで羽を休めている大きな二羽の鳥である。遠くにいるものの、その奇異な姿が気になる。火傷したような赤い皮膚の顔面と、禿げた頭からハゲタカかハゲワシであろう。死肉を食べあさるその類の大型鳥にお目にかかれた奇遇が楽しい。そういえばと、ここに到着するまでのどこか、車で移動中に見たことを思い出す。死肉を食料とする彼らは、私が発する死臭を追いかけてきたのかもしれないと思うことも楽しいではないか。後から調べたら、そのあたりには絶滅危惧種のカリフォルニア・コンドルという鳥が生息しているとあった。
黒い影が揺れながら地面を這っている。コットンウッドの梢が提供する樹陰である。この梢が強い太陽の熱光を遮っていてくれている。陰の外は灼熱の太陽がじりじりと地面を焦がしている。焦がされた地面はいまにもめらめらと燃え上がるかのようにくすぶり、眼を射ってくる。しかし、眼を閉じさえすれば、コットンウッドが保証する庇護のもと安息の世界にとどまることができる。さもなければ、中年女性の水分枯渇気味な肉体はじりじりと焦げてくすぶりだすだろう。禿げ頭たちはそれを待っているのかもしれないが、そうは問屋が卸さない。太陽の移動にしたがって、梢の陰も移動するが、そのときは死臭女も椅子をかかえて移動すればすむ。しかし、眠りこけたら、彼らの餌食になる。

コットンウッド（cottonwood）、文字通り訳せば、綿木である。ポプラの一種で種子に綿毛がついている。春になると、この綿毛が春風にのっていっせいに舞う。初めてこの光景を見たときは、こんなに暖かいのに雪が降っていると、不思議な感覚におそわれたものである。地面にたまった種子も、遠くからみると、まるで春になっても溶けきっていない雪のようである。ときに、吹き溜まりの綿毛が春風に舞いあがり、北風に吹きあげられた粉雪のような風情を創る。ある昼下がり、そんな幻想の世界のなかに立ち尽くしたことがあった……。

ふと、顔に冷たいものを感じる。雨かな？　なんて思っていまさら頭をもちあげたりはしない。梢からのぞく真っ青な空を見あげたって眩暈《めまい》をおこすだけである。この冷たいものが雨でないことは、今朝起きたときにすでに解明済みである。今朝起きたときに見たテント上の大量の青虫で分かったのであるが、この冷たいものはコットンウッドの梢に住む青虫のおしっこか糞であろう。

現にいまも膝の上を一匹のたくっている。動きが尺とっているから尺取り虫の一種であろう。のたくられても、大きいので長さが二センチ、太さが二ミリもないから、そんなに気持ち悪いものでもないが、この若葉色の生き物が視界に入ってきた途端、私の意思とは関係なく指のほうが勝手に弾き飛ばしていた。弾き飛ばされても、またのそのそと動きだしたから、彼らは糸を吐いているに違いない。弾き飛ばされた瞬間、この糸をどこかに引っ掛けて、地面に落ちたときの衝撃をやわらげるために。

どうやら彼らはコットンウッドの若葉を腹いっぱい食べおわり、新世界に飛び立つ前に経験しなければならないステージである蛹になるべき場所を求めて下におりてきているらしく、昨夜は、パラパラと彼らがテントの上に落ちてくる音でびっくりして目が覚めた。雨かと思い、寝ぼけ頭であわててテントから這い出て、テーブルの上に置いたままのものや椅子等を車の中にしまい込んだのであるが、しまい込んだのち、徐々にはっきりしてきた頭を上げたとき、コットンウッドの梢のあいだから、どうしたんだい？　と顔をのぞかせていた満月もどきの満面な笑みと目があった。

そんなことを思い出していると、キャンプ場内をゆっくりと巡回している黒毛と茶毛の二匹の犬に気がついた。二匹とも世辞にも奇麗とは言えない。一見して野良さんであるが、野良のようには骨ばってはいない。後から知ったのだが、このあたりのナバホ族住民の飼い犬だという。だから彼らに食物を与えたらいけない。餌を食べるために飼い主の家に帰るのだから、キャンパー（camper/キャンプをする人）が食べ物を与えたら帰らなくなって、本当の野良になってしまう。本当の野良になって人間に害を与えるようになったら困るというのである。

彼らの姿を目で追う。昼食を広げているグループを訪ね、おこぼれにあずかろうとしている様子である。

食べ物を広げていない私の前を通り過ぎようとする彼らに向かって、「ヘーイ！」と声をかけた。黒毛は振り向きもしなかったが、茶毛は立ち止まって振り向いた。振り向いたが、こちらに来ることを躊躇している。どうしようかという体で首だけを曲げて黒毛を振り返るが、黒毛の関心は、食べ物をテーブルに広げているグループのほうにあるらしく、鼻づらをそちらに向けて歩いている。

茶毛に向かって、「カム・ヒヤー（Come here）」と手招きする。

立ち止まった以上仕方がないかという風情で、茶毛は鼻づらを下げてのそのそとやってきた。

こちらも呼んだ以上、手ぶらで帰すわけにはいかない。リュックのなかにクラッカーがあったことを思い出す。一枚ぐらいなら、ルールを破ったと目くじらをたてられることもなかろうと、クラッカーを彼の鼻づらにさしだした。

しかし、彼は上目遣いに私を見るだけで、クラッカーは受け取らない。

何だろう？　この意味ありげな視線は？　そして、この時間のずれのような感覚？

見きわめられているような、不思議な感覚におそわれる。

「クラッカーは嫌……？」

嫌いなのねと、クラッカーを持った手を引っ込めようとしたとき、彼はおもむろに口を開けて、クラッカーを受け取った。

受け取ることは受け取ったが、それを食べるのではなく、注意深く彼のあしもとに置き、再び私を見あげてきた。

なぜだろうか、その瞳に、かつて慣れ親しんだ瞳が重なった。

「やはり、クラッカーは嫌いだったのね」

でも、ごめんね、クラッカーしかないのよ、と言うと、地面に置いたクラッカーをくわえ、少し離れたところまで持っていき、ゆっくりと咀嚼を始めた。


ふと思い出す。かつての飼い犬のエスとアンネットを。

簡単に説明すれば、エスは私の育ち盛りのとき、アンネットは私の子どもたちの育ち盛りのときの飼い犬である。二匹とも茶毛の中型雑種犬、温厚で優しい性格の持ち主だった。エスは兄の友人たち悪ガキどもが我が家に押し付けた犬。アンネットは娘が学校帰りに拾ってきた子犬で、来たときは生きのびることができるだろうかといぶかるほどの火傷を負っていた。両方とも賢く、ある意味、エスは私の育ての親であり、アンネットは、家族のなかにはいても心のうちにいつも孤独を抱えていた私の友人であった。彼らを思い出すとき、最後まで面倒をみてやれなかった罪悪感で胸が痛む。エスもアンネットもいつも私の傍にいて多くのことを与えてくれたのに、どうしようもなかったとはいえ、最後の最後に彼らを裏切らざるをえなかったという思いである。だからか、彼らはいまだに私のところに贖罪をもとめに顔を見せる。

咀嚼を終えた茶毛は、こちらを見るでもなく、黒毛のほうへと向かう。黒毛はといえば、隣の大きなＲＶ（調理器具、寝具等が装備された）車で旅行をしているファミリーが昼食をとっているテーブルの横におとなしくお尻を落としている。食べ物を持った人間の腕が彼のところまで伸びているかどうかまでは、ここからは見えない。

ＲＶ車の家族構成は若い両親とわんぱく盛りの二人の男の子。はたから見たら、これ以上幸せそうに映る家族はいないが、ほんとうのところは分かりようがない。

他には、夫婦とみられる二人のキャンパー。彼らの車は家財道具すべてを装備したＲＶ車ではなく、最低のキッチン道具を自動車後部に積んだ箱型の普通車である。夫らしき男性がテントを張ったり、テーブルの上をセッティングしたりと、何かと甲斐がいしく動いている様子だが、妻らしき女性は助手席から出てこない。

うとうとしていたのか、それともボーとしていただけなのか、強い日差しの痛さに顔をあげると、コットンウッドの梢の陰が移動していた。立ち上がり、椅子を陰の下に移動する私の視界のすみに車椅子が映った。車椅子の女性が、夫であろう男性に押され、テーブルのほうに移動している。どこにいても、家族が集えば、そこがマイホームである。ここキャンプ場も夕暮れとともに、ファミリーの数が増えていくであろう。

今、何時ごろだろうか？　ふと、思う。

思いながら、何時だっていいじゃあないかと、口のヘリが少しゆがむ。時間という観念のなかに生きてきている習性に辟易する自分がいて、次の瞬間、それも愉快ではないかと考えなおす自分がいる。時間の変遷のどこに、現時点の自分が存在しているのかなんてことに頓着するのも、人間ならではある。人は、どこにいても、どの時代に生きていても、時間の流れに左右されて生きていくようになっているのかもしれない。程度の差はあれ、大昔ここに住んでいた人たちも、日の出とともに目覚め。日暮れとともに眠り、空腹になれば、食べ物を探しにでかけたように。

ちょっとあたりを観光してくると、自動車で出かけた若い相棒も日暮れがやってくれば帰ってくる。いま自分がすることは、四ドル九八セントで買ったキャンプ用のこの安手の椅子に座り、ただただ日が暮れるのを待つだけのことしかなく、日が暮れたらテントに入って寝袋におさまり、眠るだけだ。

そろそろ米国滞在権そのものが切れる。

米国大陸で見る幻想夢はここが最後になる。

静かだ。耳にとどく音は、内に聴く自分の呼吸と心臓の音だけであった。

夢もどき

……ここらの山はみな死の山、仏の山で、互いに争うて亡ぼされ、
月山から生の山、神の山にされてしもうた、との……

『鳥海山』森敦

歳をとったせいか、眠れと言いきかせると、そうはいかないと反発をうけるようになった。思い出さなくてもいいことが、次から次へと、脈絡なく脳裏をよこぎる。それら妄念は通りすぎるだけではなく、行ったり来たり、ときには何往復もして、右折やら、左折までするから、しまいには、それらが頭のなかでうずを巻き、思考の回路は絡まった毛玉状態になる。とうてい眠れたものじゃあない。だから、眠れと言いきかせないようにして数年が経つ。寝床に入ってから、可もなく不可もないテレビ番組を見るようになった。それらの画像と音声はたんなる絵と音だから、それらが思考回路を満たせば、妄念の入る余地はなく、そのうち眠りがおとずれるという寸法である。

米国留学から帰国して数年、ある一〇月の未明、なにものかが身体をゆさぶった。というよりも、ゆすぶられたのは耳介だったのかもしれない。ゆすぶったものは、そう、確か

にテレビから流れる「タイタニック」の主題歌「my heart will go on」だった。たいていの場合、寝つく寸前、無意識にテレビはオフにするのに、そのときはしていなかったらしい。

米国留学でワシントン州の田舎町に滞在していたとき、当地ではじめて見た映画が「タイタニック」だった。映画館は寮から徒歩一〇分ぐらいのところにあった。日本でも一人で映画館に行ったこともないのに、壮大なロマンス映画だという前評判にひかれたのか、当時、少しだけ気になっていた米国男性がいたからなのか、ある早晩、うっすらとあかく染まりだした夕暮れのなかを出かけていった。英語はさほど聴き取れなくても、軸になるストーリーは人間に共通のロマンス、話の流れを理解するのに問題はなかった。ストーリーの展開は月並みだったが、愛しあう二人が船の先端に立ち、両手を広げ、鳥のように風と遊ぶ光景には酔った。

醒めぬ心と遊びながら、夜道を歩いて帰った。あんなふうに風と遊べる人と出会っていたら、ひかれてしまっていたかもなんて、そんな幻想を抱ける自由な身であることが嬉しくて、ついついスキップしていた。しかし、星は降っていなかった。

さて、目覚めてしまったときの行動パターンどおり、その未明もベランダに出る。かすかだが、水滴がはねかえる音が断続的に耳に響いた。雨かなと思って外を見ると、木々の葉も、地面の緑も、目にとびこんでくるものすべてが濡れて光っている。やはり雨が降っているのだと思いながら、いつもの癖で、少しだけ頭をあげたら、予想もしなかった光景がそこにあった。星々の煌めきが梢のあいだからこぼれおちていたのである。

夜の森はもとよりすべてが漆黒のなかにうずもれるが、それでも、月や星の光をうければ、漆黒の闇は墨絵の世界へと変身する。ここは標高一三〇〇キロメートル、雲が邪魔さえしなければ、たいてい満天の星が見える。しかし、その未明の星々の煌めきの数は特別だった。大きいのやら、小さいのやら、人類がもっている宝石のすべてを夜空にちりばめたような可視天球のすがたである。しかし、雨なのに、星がどうして見えるのだろうか、雲のあいまからの、つかのまの宇宙のすがたなのか、雨に濡れながら、星を見ることができる偶然って、ありえるだろうかと、何かに突き動かされるようにして庭に出た。

高地は冬が長いせいか、ここの自然サイクルは速い。雪がすっかり溶けると、待っていたかのように、木々が芽吹きはじめる。芽吹いたとみるや、すべての若芽が大人の葉になる。浅緑から深緑へ衣を変え、つかのまの夏を楽しみ、やがて落ちるときを知っていたかのように、静かに落ちはじめる。ここらへんの木々は緑を誇る期間が短いと、ここに来て初めて知った。特にわが庭にある数本のナナカマドは、その特徴が顕著である。大人の葉になったかと見るまもなく、段階的に美しく紅葉し、そして静かに落ちはじめる。その落ち方があまりにも潔いから裸木になったことに気づかない。九月中ごろになり、赤く輝く実の房を見たときはじめて、ほとんどの葉が落ちていることに気づかされる。白樺もその葉を、黄色の衣装をまとわせることなく、すでに落としはじめている。

　落ち葉の上に立つ。すべてが濡れている。雨？　いいや、降っているわけではなさそうだ。しかし、ポツ、ポツ、ポツという滴の音が反響している。おそらく、木々の葉に残った雨粒たちが耐えかねて落ち、下の葉を打ちながらつぎつぎにすべり落ちて、地面の落ち葉にあたり、はねかえる。それらが奏でている音だろう。ポツンと冷たいものをときどき感じながら、暗闇のなか、家の周囲をめぐり北側にでる。そこなら梢にさえぎられていない夜空がある。

　そこは一点の曇りもない快晴だった。雨を予想していたから、意外性が作用して、その美しさにびっくりする。夜の快晴は昼のそれとは趣をまったく別にする。空の色は、青みがかかった黒、というよりも、薄ブルーに染まっていた。ちりばめられた星々の光によるハレーションがそう見せているのかもしれない。星々は互いに光で連鎖しあい、そこには、手のひらですくえそうな、まさに星座図どおりの夜空がひろがっていた。手のひらを上にして、両手を高くあげる。ふと、眩暈《めまい》がした。その一瞬、手のひらの上に、何かがちらっと光りながら、落ちてきたような気がして、手を握りしめた。握りしめながら、「もどきでも、だましでもいいでねえか」と呟いていた。

その未明の目覚めは必然だったのだろうか。偶然だと思うよりも必然だと思うほうが楽しい。歳を重ねてきて、そう思うようになった。生きていると、ときどきに、思いがけない出来事に会う。二〇一一年の三月、日本のおよそ四分の一を放射能がおおった。しかし、誰も騒がない。テレビ画面の向こうでは、芸人たちがいつものように浮かれて、ばか騒ぎをしている。放射能も、もどき、だまし、だったらいいのに、国民がいっせいに見た夢だったら一番いい。

夢を見ることができるのは人間だけなのか。居住をともにしている猫のワトソンは、ときどき、「ウー」とか「ナー」とか「ニャー」でない音を発しながら、尻尾の先をこきざみに動かしたりしているから、夢を見ているのかもしれない。

そういえば、むかし、娘と彼女の愛猫のスバルと米国で暮らしていたころ、「スバルは今どんな夢を見ているんだろうか」と娘に訊いたら、「花咲く野をかわいい彼女と駆け、戯れていたのに、目が覚めたら、いやなおばさんが目の前にいて、現実にもどるかわいそうなスバル、ってとこかな、たぶん。私もそうだから」と、答えた。

いつから、娘にとって、いやなおばさんになったのか、憶えがない。古くなって、どこかしこが腐りはじめ、「もどき」や「だまし」が住みついてしまい、それを娘は敏感に感じとっていたのかもしれない。

ふと、月山参りを思いたった。死の山といわれる月山。死んで別ものになり、ふたたび生かせてくれるなら、それもいい。ここ二〇年、山のぼりなどしたことはないから、足腰は弱っているが、なんとかなるだろう。いままでに、いろいろな別ものになってきたけれど、月山からもどったあかつきは、どんな別ものに変われるだろうか。

何にでもいいが、娘の願いどおりの別ものになることだけは願いさげる。市民権をとりアメリカ人になった娘から、口争いするたびに、「チェンジ！（変われ）」と言われてきた。己は正常、他者が異常という自己主張が普通の米国文化においては、「変われ」はカタルシスの一種なのかもしれないが、娘から「変われ」と言われることは、彼女を育ててきた二〇数年というわが人生の全否定でもある。母親としてこれ以上の痛みはない。しかし、無意識にでも彼女を抑圧して精神的外傷を与えながら育ててきたのであれば、この無意識が怖い。無意識に発する言葉が彼女を傷つけてきたのかもしれないからだ。それから、彼女と言葉を交わすことに憶病になった。

鶴岡方面から入山することにして、行きと帰りの二日はドライブ、中一日は登山と、二泊三日の旅を敢行した。鶴岡のホテルに一泊しての早朝、月山に向かう。車で三〇分ほど走るとビジターセンターがある。「慣れた人なら、登るのに三時間半程度。下りは三〇分から一時間は軽減。慣れてなくても、二時間多めに余裕をとれば大丈夫でしょう」とそこの職員が言った。そこからふたたび車で三〇分ほど走ると、月山八合目の駐車場に着いた。頼りは一本のスティックと二本の足だけである。

七月中旬、天気良好、月山の花畑と呼ばれる草原台地の木道を歩く。そこは月山の八合目ということだったが、まったく、それらしくない。山らしくない。もちろん月山らしき頂はどこにも見えない。進む方向に緩やかな広がりと空との遮りはあるが、そのほかは東西南北、見渡すかぎりの草原である。あの広がりが頂につながる稜線なのか。月山は牛の背に似た長い稜線をもっているというから、そうかもしれないが、近づいてみなければ分からない。いや、近づけば、おのずと、その景色は変わるはずとしても頂が姿をあらわすとはかぎらない。いやー、ちょっと待てよー。ここは月山である。月山のふところを歩きながら、月山はどこと探している。すでに何ものかにとらわれたか……。

日差しをさえぎってくれる木々は一切ない。何程も行かないのに疲労感で満杯になる。人間を六五年もやれば干乾びてくる。七月の太陽には弱くて当然である。それでも、見たことのある花やら、ない花やらを横目に、ゆっくり、ゆっくり歩く。

やがて傾斜が急になると、木道は終わり、グリ石がごろごろとしきつめられた山道に変わる。足場のよさそうなグリ石をさがして、その上を一歩一歩よいしょとのぼる。ところで、これらの石たちはどこから来たのか、灌木等の下にごろごろと隠れていたのか、それとも、むかし、修験者たちが一つひとつ背中にかついで下から運んだのか。いや、きっと、死の国からいっせいに落とされたに違いない。山の神が怒れば、石を落とすぐらいたやすいというものだ。

ひたすらグリ石の頭を見ながら、歩をすすめる。足の置き場所を一歩まちがえれば、ぎくっと足首やひざがやられる。バランスをくずして転ぶ。骨粗鬆症の身には転倒が一番やばい。グリ石との戦いで、あたりを見渡す余裕はない。

一〇分ほどのぼり、息をととのえる。ボトルの水をひとくち飲み、そして、またのぼる。それをくりかえす。平日のためか、ほとんど人と出会わない。たまに後ろから人の気配を感じるが、そんなときは、足場のいいところで、立ち止まり、先に行ってもらう。そうやって、いつもどん尻にあまえる。ひたすら足元を確かめながら、ひたすら足を前にだす。

遅くても足を前にさえ出しつづければ、なんとかなるもので、いつのまにか、頂上まで半分ほどのところにある佛生池小屋に着いていた。着く前は、まだかまだかと遠くに見えていたものが、着いてしまえば、それらは背後へと消えている。つらさも過去のものになる。だから、生きるということはおもしろい。目覚めれば消える夢と同じだ。一歩すすめば、一歩前のことはもう過去のこと、その痛みの一切は忘却のかなたとなる。

だったら、あのときから何歩すすんでいるだろうか。あのときからって、どのときから？　いったい、あのときとはどんなとき？　思いかえせば、いくつもあったようで、一つもなかったような気もする。だけれど、ふりむけば、ときには、ぼーとかすかに浮かびあがるいくつかの記憶がないわけではない。

あのときは、何を過去へ追いやりたかったのか、九州にいたころ、篠栗の四国八十八か所巡りをしたことがある。まだ離婚する前である。何か所を巡ったのかは憶えていない。そのうちに巡らなくなったのは、おそらく、日本を出たからだろう。

米国へと発つ前に、これで会えなくなるかもと、癌で入院中の文学の師を見舞ったことがある。患者への癌告知は一般的ではなかったころである。「行っておいで、でも、主婦がそんなわがままをすると離婚されるよ」と、彼はいつものように穏やかに笑った。離婚は願ってもないこと、という言葉をのみこみながら、静かに笑いかえした。朝日新聞の一千万円懸賞小説では、佳作にあまんじたが、炭鉱における人間のすがたを浮き彫りにした歴史的意義がある力作を書いた人である。戦争に行き、戦死する一歩手前で帰ってきたという。家族をなし、子どもを自立させ、実直に生きた。おそらく浮気などしたことはないだろう。見舞いに行ったのに、見舞いの言葉がみつからない。逆に、筆を止めないように、と励まされた。思いかえせば、その言葉欲しさに、いつも師に会いに行っていたのかもしれない。病室の窓の向こう、真っ青な空を飛行機雲の白い線が一本走っているのが見えた。その線が窓をまさに二分しようとしたその刹那、沈黙を壊すことにして、帰ってきたらまた来ますと別れを告げて、立ちあがった。そのとき、若くて美しい女医が入れかわりに入ってきた。担当医であろう、師を見るまなざしが極上に優しいと思った。いや、そう願っただけなのかもしれない。その後、師と会えることはなかった。

佛生池を過ぎて、しばらくゆくと、少々けわしい岩場がつづき、その頂点のようなところに「行者返し」という看板があった。どうやら、そのむかし、修行が足りない行者が、月山の神に追い返されたところらしい。しかし、昨今の神は優しい。追い返されもせず、そこを過ぎてしばらく登ると、正面に小さな祠があった。崖のなかの洞に白い帽子をかぶった、なんとも奇妙な顔をした石仏が座していた。あまりにも長いあいだ座し続けたのであろう、苔が衣がわりになっている。その前に、赤い五つ葉の扇が立てかけられていた。しかも不都合に大きい。もしかして、この石仏は天狗？　その大きな扇で、帰れ、帰れと、ふもとまで吹っ飛ばされるのかと思いきや、よく見れば、白い帽子の下の鼻はぺったんこ、扇もヤツデではなく、葉の数は五つのカエデである。ふと、後ろから来ていたはずの登山者の気配が消えていることに気づく。ふりむくと誰もいない。どうやら、ちょっとだけ横道に入ってしまっていたらしい。

人と違う道を歩くのは好きである。というよりも、人と同じであることが嫌い。団体のなかの一人であることが嫌い。制服が嫌い。朝礼が嫌い。そんな私には、幸なのか、不幸なのか、前もってひかれているレールは一本も用意されていなかった。結果的に、人と違う道を歩いて来たような気がする。そのぶん、平坦な道ばかりではなかったが、後悔したことはない。横道には横道のよさがある。いまだって、天狗もどきに会えた。

二人の子どもにも、「おのれは己、ひとは人」と言い含めて育ててきた。「〇〇ちゃんちは……」という不満の言葉を、「ひとは人」と遮ってきた。そのかいがあって、息子が長じたとき、「いいわね、どこそこの△△君は……」と言ったら、「ひとは人」と遮られた。そのかいがありすぎたのか、息子とは二〇年以上会っていない。今、どこで、どのように生きているのかさえ知らない。知りたいとも、会いたいとも、思わない。世間的には冷たい母親である。しかし、息子は、「ひとは人」と言っていると思いたい。

本道にもどり、ふたたび頂上へと向かう。着くまでに三ヵ所、残雪の上を行く。谷側は厚い雪の斜面である。いったん足を滑らしたら、谷までまっさかさま、滑落を止めるような歯止めはみあたらない。一歩、一歩、確実に歩をすすめる。一歩そのものが目的になる。

たしかに、あのときも一歩そのものが生存の目的だった。朝目覚めた後の一日そのものが一歩だった。重くて、長い一歩。夜床につくまで、足をおけない一歩である。収入は少なく、借金はある。未来が見えない。それも、おのれが選んだ道。わざわざ悪路を選んだわけではないが、結果的にそうなった。子どもという道連れがいる以上、一人ひきかえすわけにはいかない。道連れにされた子どもたちは、どう思っていたのか。悪路を無理やり歩かされた怨念だろうか、母子断絶の芽はそこらあたりから芽生えたのかもしれない。人間の親子関係は単純ではない。他の人間関係が介在する。子どもは、金とものて慰めてくれるほうへと寄り添う。ファミコン全盛の時代、いつも新作ソフトに興じていた息子。限られた小遣いでは買えないそれらである。金の出所は分かっていた。

孫の母は嫁である。存在そのものが憎い。しかし孫はかわいい。「憎い嫁が産んだ孫がこんなにかわいいとは」と面と向かって、さらりと言ってのけられた。それでも、祖母と孫の血のつながりを裂く気はもうとうなかった。母親を信じる必要はない。信じられるものを信じたらいい。自立させるという役目をはたせば、母という存在は消滅してもいい。動物は親子であった記憶は消滅するように最初からインプットされているという。動物の親と同じであることを願った。余計な感情に苦しまずにいられる。母であることが終われば、もとのおのれに戻るだけだ。いや、違う。もうもとにはもどれない。すでに、別ものののおのれである。

最後の残雪をやっつけて、ようやく頂上に着く。月山神社がある。月の神とやらがいるらしい。社殿の前にすえられた一対は、月からやってきたのだろう、狛犬ならぬかわいいウサギだった。一対のウサギに護られて、月山の神は登拝者を受け入れる。登拝者の願いがなんであろうと、彼らを別ものにする。別ものになれば、願いも変わる。違う願いならかなうかもしれない。しかし、いらない願いなら、かなってもらっても困る。

思いかえせば、この歳になるまで、自ら意識して、何度、別ものになっただろうか。むかし、愛という幻想とひきかえに、完璧なまでに別ものになったことがある。ふるさと、親、友人等、生まれながらのしがらみ一切、絆一切を捨てた。捨てたくはなかったが、結果的にはそうなった。おのれ自身さえもである。おのれにとって、結婚とは、根っこを引きぬかれると同じことだった。だから別ものにならなければ生きていけなかった。幻想に気づいたとき、おのれを取りもどしたいと思った。しかし、とりもどしたところで、もはやむかしの姿ではない。テレビで夫婦別姓がさかんに叫ばれていたころ、「おまえはもう俺の姓のほうが長いな」と満悦の笑みを向けられたことがある。捨てるものが一切なかった者の笑みである。根っこをむりやり引きぬかれる痛みが分からない者の笑みである。根っこを引きぬかれた者には、痛みとひきかえに、身軽さが与えられる。風にのりさえすれば、どこへでも行ける。それからしばらくして、二〇数年続いていた別ものは次なる別ものに変わり、米国行きの風にのった。

下りは軽い。下山しながら思った。二対のウサギさんは私をどんな別ものにしてくれたのか、どちらにしても、もどきか、だましであろう。そう思えば、生そのものが軽くなる。生きやすいというものだ。

ところが、どっこい、下山が軽いのは最初だけだった。グリ石の上をぴょんぴょんと跳んで降りればいいようなものだが、スピードがついてしまうぶん、足首や膝関節へと衝撃がくる。足先に負荷がかかる。だから、あえて、ゆっくり下る。しかし、グリ石は整然と敷きつめられているわけではない。天からばらばらに落とされたようなグリ石群である。大きい石と小さい石との高さの違いに、しばしば足首をとられ、グリ石に指先を突きあててしまう。足の先端に鈍痛がはしりはじめる。特に左足の親指の痛みが強烈である。厚い靴下にはきかえるため、ひととき休憩することにする。黒く変色した爪を見て、思わず、声をあげて笑ってしまった。まさに、爪もどきである。年甲斐もなく山登りなんかするからだ。おのれが招いた痛みである。笑われるまえに、笑うしかない。そういえば、あのときも、いやあ、笑われたのなんのって。

夜中に尿意に目覚めた。夢うつつに用をすませ、トイレから出ようとした。暗闇の向こう、トイレの向かい側にある寝室のベッドがうすぼんやりと見えたような気がしたから、そのまま躊躇なく進んだ。とたんにドーン、いやガーンと、顔の中央あたりにすごい衝撃

がきた。イテ、テー、いったい何が起きた？　暗闇のなかで目を凝らす。開いていると思いこんでいたドアが目の前にたちはだかっていた。ようやく何が起きたかを知る。トイレのドアにおもいっきり跳ね返されたのである。その刹那、痛みよりも、顔の傷が気になったが、低い鼻が幸いしてか、打ちつけたのは鼻ではなく、下唇から顎にかけてであった。夢うつつに上を向きながら歩いていたのだろう。しかし、目立つ顔のまんなかでなくてよかった。明日授業がある。その顔はどうしたんだと訊かれたのち、寝ぼけてトイレのドアに体当たりしたなどという失笑の渦の中心にはなりたくない。

朝、起きてきた娘に、血豆ができている下唇のなかを広げて見せながら、事情を話したら、間髪をいれず、あっはっは、と、おなかをかかえて笑われた。「少しぐらい同情してくれてもいいんじゃない」と言うと、「よく言うよ。もし、私が同じことをしたら、絶対笑うくせに、信じられないことをするってさ。あのときだって、そう言ったよ」と言う。いや、たいした話ではない。ドア事件の二～三週前のこと、二人して近所のスーパーに買い物に出かけたおりのことだ。店内を娘が大きなカートを押して歩いた。売り場の角を曲がるさい、自分が押すカートに足を踏まれて、たいそう痛がったというだけの話である。そのとき、「自分で自分の足を踏むなんて信じられなーいと言われた」と言うのである。

たしかに、そう言ったと思うが、笑ったかどうかまでは憶えていなかった。いや、笑ったのであろう。なぜなら、それからしばらくして、同じスーパーで、おのれ自身、おのれが押すカートにひかれて、ひとり大笑いしたからである。娘と米国に住んでいたころの話である。人を呪わば穴二つ……、ならぬ、人を笑えば穴二つである。人を笑わず、おのれを笑う、そうしたら、穴は一つですむ。痛みをまぎらわす処方である。

いったん突き指してしまった身にとって、下りは苦行。足をグリ石の上におろすたびに、鈍痛がはしる。つま先を守ろうとするから、膝にもくる。足の筋肉に力が入らないから、足がふらつく。身体が宙に浮く。登りのように心臓はパクパクしないが、かわりに、足全体がパクパクする。下り坂のほうが楽だなんて思ったのは、いっときのだましだったのか、もしかして、人生も後半のほうが難しいのかもしれない。加速ではなく減速が大切である。がむしゃらすぎると対処できなくなる。

それでも、休み、休み、ようやくという思いで、月山のお花畑というところまでもどる。木道にしつらえてあるベンチに腰かけて、ひと息つく。向こうに八合目のレストハウスの屋根が見える。車を置いてある駐車場まで、あと二〇分というところか。時間は五時少し前、私のあとから上ってきた人たちでさえ、みんな、すでに下りていってしまっている。人の気配は一切ない。人の気配が消えれば、疲れた身体を横たえるのに、誰の遠慮もいらない、ベンチにあおむけになる。三六〇度のパノラマが迫る。うすい雲が空全体をおおい、すでに精彩はない。雨になるのかもしれない。耳にさやさやとしたそよぎが気持ちよい。ふと、身体が空に浮き、風に運ばれているような錯覚におそわれる。さきほどの天狗もどきの仕業だと思えば愉快である。

抗しきれず、何かに運ばれる。あのときの感覚も同じだった。幼稚園児のとき、数十メートルほど、流れに運ばれたことがある。園児たちは列をなして川岸を歩いていた。川は底の小石を数えられるほど透きとおり、川面はきらきらと輝きながら流れていた。そんなたゆたう煌めきに気をとられながら、川べりを、すれすれに歩いていた。戯れて、誰かが誰かを押し、その押された誰かに背を押されたのか、身体がふっと宙に浮いた。

次の瞬間、目に飛びこんできた景色は、水面の向こう、一様にこちらを見て指をさしている園児服の列だった。彼らの声は聴こえない。その薄青色の列が揺れながら、ゆっくりと遠ざかる。その列が終わりそうなそのとき、目の前に、太くて短い二本の足が左右上下に揺れながら、近づいてくるのが見えた。その刹那、ふいと抱きかかえられたのであろう、身体は外の景色のなかにいた。もどきだったのか、だましだったのか、水のなかは恐怖も音もない世界だった。

今になって思う。生とは、抗しきれず何かに運ばれることなのかもしれない。そして、生と死を分けるものは、運ばれているさなかに起こる一瞬のできごとなのかもしれないと。その一瞬には生か死しか無く、その中間はない。生のほうに道をとれば、なにごともなかったように生は続き、死のほうに道をとれば、やり残したことがあろうと、道なかばであろうと頓着なく、すべては終わる。その一瞬の分かれ目を、まさにミクロ単位の差で見たことがある。

ネヴァダ州の山岳地帯を走っていた。ミリーの運転でリーノ（Reno）に行った時のことである。季節外れの雪がちらちらと舞っていた。あたりは昨夜からの雪で真っ白、もちろん、道路も真っ白。スタッドレスタイヤははいていなかった。すでに五月である、雪は想定していなかった。ミリーは「シット（shit／くそ）、シット」とののしりながら、前のめりになってハンドルに集中していた。助手席からでも、その緊張の度合いが分かる。雪は峠までだろうと、峠まで無事にのぼりきるように願っていた。

そんなとき、いまにも解体しそうなセダンが私（助手席）の右視界に入った。メキシカンらしき家族が乗っている。無謀にも、雪の道を、裸タイヤを軋みさせながら追い越そうとしている。ミリーは前方に気を取られているのか、横に並んだセダンには気づかない様子だった。セダンは息切れしながらも、ようやくという体でこちらの車を抜きでた。そのまま行ってくれればいいのに、抜きでたとたん、横滑りして、スピンしはじめた。上り坂でのことだから、セダンは当然、回転しながら、道路上をこちらに向かって滑りおちてくる。衝突してくることは必然だった。

もう終わりだと思った。セダンにまきこまれて、谷にまっさかさまに落ちるか、落ちることを免れたとしても、道路は雪、衝突した後、互いの車がどう動くかは予想がつかない。急ブレーキをかけたところで、ことはなおさら悪くなるだろう。こちらのタイヤが横滑りしたら終わりである。じたばたしてもはじまらない。なるようにしかならないと、ミリーを動揺させないように、一言も発しなかった。

道路は、進路方向に向かって、左側が谷、助手席がある右側が山。こちらの車はスピードも進路も変えずに、谷側を走っている。セダンは、左まわりにスピンしながら、坂道をこちらに向かって落ちてくる。その光景は、第三者が見れば、一瞬の出来事なのであろうが、当事者である私にとっては、まさにスローモーション映像そのものであった。セダンの頭がゆっくりと、こちら側へと向き、フロントガラスの向こうに、夫婦であろう、眼を見開いた二つの顔が正面に大写しになり、そしてゆっくりとそのまま、こちらに向かってくるように見えた。もうダメだと、衝撃の一瞬がくるのを覚悟した。しかし、肩すかし的にその一瞬はこなかった。

助手席の窓から下をのぞくと、独楽のように回りながら後ろに後退していくセダンの車体と、前進しているこちらの車体とのあいだにミクロ的な隙間が見えた。

隙間はミクロだが、その動きはマクロであった。私の視界には、クローズアップされて、ゆっくりと動くマクロの世界が広がっていた。互いにすれちがう方向で流れる二つの金属片と、その間にあらわれた一本の時空線。その線が消えたときが衝突である。いつ消えるかと凝視する。ところが、セダンはゆっくりと回りながら、すれすれのところで離れ、坂道を落ちていった。

今思えば、セダンは回転しているから、その車体頭部は円を描くように動く。だから、こちらの車体頭部に衝突する一瞬手前で、ぷいと横を向いてくれた、古典物理学から言ったら、ただそれだけのことであろう。

外界にいる第三者の視線からは零コンマ零なにがしの世界だったのであろうが、しかし、私が知覚していた世界はまったく違った。どう説明したらいいのか、私自身が自動車とともに移動していたからか、私が凝視する時空線はゆっくりと、ほんとうにゆっくりと流れていたのである。時間と空間は互いに密接に結びつけられて四次元のリーマン空間を構成する。そんなアインシュタインが提唱する一般相対性理論の世界なのか、三次元の世界に時間が加わった四次元の世界なのか、そんな時空のなかに、私はいたのかもしれない。たとえば、そう、あのマトリックスという映画のなかで描かれている銃弾の動きのような光景を私は見ていたのである。

とにかく、助かった。助けられたと思った。何かに。

彼らの安否はと振りかえると、セダンは道路の中央で、頭を谷側にして止まっていた。よかった。ただ、ただ、そう思った。ミリーを見ると、何ごともなかったかのように運転していた。ちらっと、バックミラーをのぞいていたような気配は見てとれたが、彼女は何も言わなかった。一瞬の分かれ目は生の道をとったのである。何も言わないほうがいいと、とっさに思った。

言葉では言い尽くせない幸運である。

「おめえなんか、もどき、だましでねえか」

「だから、何のもどき、だましなのさ！」

おのれの声にびっくりして眼を開ける。あたりは、ほのかに明るいものの、西なのか、東なのか、天球のすそがうっすらと赤く染まりだしている。足元から闇がはいあがってくる。まったくの闇に包まれる前に車にたどりつきたい。もどき、だましの化け物が出てきそうな気配に、木道を急ぐ。左足を動かすたびに親指がズキン、ズキンと泣く。その泣きがふと止んだ、とその刹那、とつぜん身体が宙に浮いた心持ちがして、気がつくと、木道の上に前のめりに倒れていた。痛みはない、そのかわり、背中のリュックが急に重くなって、起き上がろうともがいても、身動きができない。呼吸ができない。苦しい。おおいかぶさるこの重いものの感覚を思いだす。これは夢だ。

むかしよく見た夢、離婚前のある一時期だが頻繁におそわれたあの夢と同じである。

これは夢だから、目覚めれば、この苦しみは消えると、目覚めようと必死に目をみひらこうとする。みひらけたのか、みひらけなかったのか、感覚は曖昧、見えているものは現実の光景のようだが、身体が動かない、呼吸ができない。肉体苦は解けない。だから、ま

だ夢のなか？　いや逆に、うつつのなか？　見えている光景も、動かせない身体も、呼吸苦もすべて現実のもの？　どちらでもあるし、どちらでもないかもしれない。それほど、夢とうつつとの境がはっきりしなかった。夢かうつつかと、さまよっていた時間は実際どれほどなのか、一瞬かもしれないが、肉体苦のそれはとてつもなく長かった。

夢かうつつか、どちらにしても、すべてはおのれの意識による仕業。意識が想念になって、ときに妄念になって、ひたひたと追いかけてくる。……おまえはまだ生きたいのか。死にたいから来たのじゃあないのか。おのれはそのときどきに、別ものになってきた。別ものになるということは、人との別れだ。いや、別れがあったから別ものになってきた。そうやって、おのれの断片を少しずつ捨ててきた。いずれ完璧におのれ自身を捨てて無になるときがくる。それは必然だ。もともと人は宇宙の断片、いや粒子。人の意識はその粒子のそのまた断片、水のなかから見る水面に湧く波粒のようなもの、あるいは、二つの動体のあいだに生じるミクロな隙間、どちらにしても、消滅するのが必然。いまだに生きているつもりだろうが、その「つもり」そのものがもどき、だましなのさ……。

ふと、月と目があう。

あなたは、夢？　それとも、うつつ？

うすい雲の流れを同心円状に透かして、そのまんなかに鎮座している月が見下ろしていた。姿は少しいびつの満月もどき。どうやら、ベンチのうえで寝入ってしまっていたらしい。息苦しさは消えているが、そのかわり、目覚めた背中にベンチの硬さが痛い。うなりながら上体を起こす。あちらこちらの節々がぎしぎしと音をたてる。それで分かる、あ、ここはうつつの世界。

目に映る世界は、うつつだが、昼とはうってかわった別もの。月の光にてらされ、もやか、かすみか、闇にうかびあがる。しかし、それも、月が厚い雲に隠れれば、まったくの闇に支配される。もしかして、この闇だって、どこか別ものの宇宙かもしれない。月に照らされながら眠ると歳をとるって、むかし、何かで読んだことがあるけれど、ほんとうにそうなら、それもいい。とっくにそんなもの捨てている。時間を捨て、時間からも捨てられた身にとって、時間の秩序なんて無意味である。

ときには明々と照らし、ときには無情な闇と、壊れかけた蛍光灯のように、気ままに点滅をくりかえす月の光に翻弄されながら、木道を下る。月の光が少しでも差せば歩けるが、まったくの闇ではそうはいかない。月が分厚い雲におおわれると、時は凍結したよう

に止まる。気ままなのは月なのか、雲の群れなのか、それとも、上空に吹く風なのか。いや彼らはそれぞれの役わりにしたがって動いているだけ。いまこの世界の秩序を乱しているのは、こんなところを歩いているおのれである。しかし、ほんとうに歩いているのかと自問する。こうなったら、おのれ自身、実在していることも怪しくなってくる……。

ふと、目の前に光るものが飛んだ。つかもうと手をだす、と、同時に闇に襲われた。何かにつまずき、木道の上に前のめりに転んだ。大きな音がして、痛みを全身でうけとめる。やれやれ、ほんとうに転ばなくてもいいのに、なさけない、と自嘲の笑いがもれる。それが風を呼んだのか、大地に根付くものたちがいっせいにカサカサと騒ぎだす。根っこがないおのれは大地にしがみつく。

そうやって、大地にしがみつき、泣くでもなく、笑うでもなく、カサカサしていると、下界では何ごとがおきているのかと、厚い雲群を吹きとばして、満月もどきが顔をのぞかせた。

……誰かと思えば、また、おまえさんか、どうれ、今回は何に変わったのかな、おまえさんは。

エピローグ

独白

以上書いてきたストーリーはすべて随分むかしに書き終えたものばかりの、まさに塵芥である。付け加えれば、主観的経験ゆえに、すべて長い、長い独白でもある。

私は幼いころから独り言の癖があり、七〇を過ぎた今も、この癖は変わらない。というよりも、この癖が再び出てきたのは、子育てや生活家計のために忙しく生きていたころを過ぎて再び一人で生きだしてからである。幼いころの話し相手は自分自身であり、今の相手はときに自分自身、ときに愛猫である。ときには庭に現れるヤマガラやカラスたちにも話しかける。

独り言と独白は少し違う。独り言には脈絡はないが、独白には脈絡つまり物語がある。両者ともに発語しっぱなしなところがいい。反論は受けないから発語者の情緒安定に役立つ。発語者からの言葉が発語者自身の情緒を秩序だって処理してくれるからであろう。だから私は私に向かって独白を書く。平和的なカタルシス法でもあるが、自分だましでもある。

月山参りをしてから、どれくらいの年月が経っているのだろうか、福島原発事故の後だから、八〜九年というところだろう。月山参りの後、月山は私をどんな別ものにしてくれたのか知らないが、今の私が別ものなのだろう。そして、今、この別ものはコロナ禍を生きている。

目に見えないが確固たる存在、新型コロナウイルスが世界を騒がしている。どこで生まれ、どこをどう巡ったか、巡らされたのか、殺傷力をもつ目に見えない生き物が、まるで知能をもったエージェントのように、世界をかけめぐり、人体に侵入し、増殖する。

脳を持たないウイルスのほうが脳を持つ人類よりも優勢を誇る不思議さ。これは何を意味しているのか？　環境を生き延びるためには脳はなくても遺伝子さえあれば可能ということを示している。しかし、遺伝子には振る舞いの青写真は含まれていないはずであるが、このウイルスに関してはそうでもないらしい。宿主に感染を自覚させないで動きまわらせ、そのあいだに多くの人に感染させ、己のコピーを多量に生産するという狡猾な振る舞いをする。

地球温暖化が叫ばれだしてから二〇年以上経つが、二〜三年前から季節的豪雨が日本列島を襲うようになった。この狡猾なウイルスの地球出現を手助けしたのも温暖化かもしれないと考えたりもする。温暖化だからといって地球の気温が均一的に上がるわけではない。上がるところもあるが、下がるところもある。つまり、長いあいだ保たれていた人類が慣れ親しんできた、生き物に優しい地球のバランスが崩れつつある。いや、もう手遅れかもしれない。人間が経済優先で地球を翻弄してきた結果である。そして、いま、人間は地球からそのしっぺ返しを受けている。

オウムガイのように環境に適応しひっそりと生きる種は何億年も生かされているが、爆発的な繁栄を誇った種のほとんどは絶滅を経験している。我が物顔で地球を消費放題している人類である、いま、「邪魔やろうが！」と地球から振り払われだしているのかも……。

……だがなあや、わりゃ、思うがや、豪雨も狡猾ウイルスも「もどき」、「だまし」でねえがや、そんな気がするもんだけ、あやあ、夢みてたんがなあやってな……

横山 多枝子　（よこやま　たえこ）

1948年静岡県三島市生まれ。1997年渡米。1999年ワシントン州Skagit Valley College卒業。2001年ユタ州Brigham Young University（言語学）卒業。2003年センター試験国語出題文の検証を開始。2006年ブログにて「自民党新憲法草案の検証」「教育基本法特別委員会質疑応答と野次」を連載。2008年「続・入試制度廃止論―認知心理学基軸―」をHPにて発表。著作に『入試制度廃止論』（自費出版、2002年）、『論文読解とは推量ゲーム？』（自費出版、2004年）、『日本語を教えない国日本―入試問題・安保条約文徹底検証！』（せせらぎ出版、2005年）、『続・入試制度廃止論―認知心理学基軸―』（せせらぎ出版、2019年）。

◎ブログ　http://www13.plala.or.jp/taekosite/

夢《ゆめ》の跡《あと》の塵芥《じんかい》

2020年10月20日　第1刷発行

著　者　横山多枝子

発行者　山崎亮一

編　集　せせらぎ出版

〒530-0043　大阪市北区天満1-6-8 六甲天満ビル10階

TEL 06-6357-6916　FAX 06-6357-9279

郵便振替　00950-7-319527

https://www.seseragi-s.com/

印刷・製本所　株式会社 関西共同印刷所

ISBN 978-4-88416-276-4